Rolf K. Regelmann

Der Wanderer von Nisyros

Über den Autor:

Rolf K. Regelmann, geb. 1966, studierte Verwaltungswissen-schaften in Konstanz und war überwiegend in der Industrie tätig. Er hat einen Abschluss als Online-Redakteur.

Im Dezember 2020 erlitt er einen Schlaganfall.

Sein erstes Buch, das er noch vor der Krankheit begonnen hat, konnte er in kleinen Schritten zu Ende bringen. Es diente ihm als Therapie. Es handelt von Griechenland, seiner großen Liebe - und seinen Reisen dorthin.

Der Autor lebt in Überlingen am Bodensee.

Rolf K. Regelmann

Der Wanderer von Nisyros

Dort müssen die Götter wohnen

Bibliografische Information der Deutschen Nationalbibliothek:
Die Deutsche Nationalbibliothek verzeichnet diese Publikation in der Deutschen Nationalbibliografie; detaillierte bibliografische Daten sind im Internet über http://dnb.dnb.de abrufbar.

Umschlaggestaltung: BoD - Books on Demand
Titelbild: Lindos / Rhodos - Rolf K. Regelmann

Für die Richtigkeit und Aktualität der gemachten Angaben und Reisebeschreibungen kann keine Garantie übernommen werden. Jegliche Haftung ist ausgeschlossen.

Die Erlebnisse haben sich so ähnlich zugetragen. Die Namen der beteiligten Personen sind frei erfunden.

Herstellung und Verlag: BoD - Books on Demand, Norderstedt

ISBN: 978-3-7543-2150-8

„Das Geheimnis der Freiheit ist der Mut."
(Perikles)

PROLOG

„Ich liebe dies Griechenland überall. Es trägt die Farbe
meines Herzens."
(Friedrich Hölderlin)

„Die sich lieben, begegnen einander häufig."
(Griechisches Sprichwort)

Kein Blick zurück.

Dieser Gedanke stieg in mir auf, wie ein kalymnischer Schwammtaucher aus der Tiefe an die Oberfläche, als ich die Fähre nach Nisyros betrat.

Nicht, dass ich Zorn auf meine Herkunft verspürt hätte.

Als Kind wurde mir ein fürsorgliches Zuhause geboten. Ich konnte die Schule besuchen und später studieren. Neben der eigenen Familie gab es eine Reihe von Verwandten, Freunden und Nachbarn - sie machten das Leben gelegentlich spannend und kurzweilig, bereicherten manchen Augenblick. Nicht zu vergessen die Versuche sich (wie so viele Menschen) möglichst unauffällig durch ein Erwerbsleben zu schlängeln, um den erreichten Wohlstand zu sichern.

Man konnte unterm Strich durchaus dankbar, vielleicht sogar zufrieden sein.

Doch jede Reise nach Griechenland hat das Band zwischen Deutschland und mir ein wenig mehr zerschnitten.

Meine Heimat zeichnet sich durch eine Menge Ecken und Kanten aus, an denen man sich blaue Flecken holen und blutig stoßen kann.

Sinn stiftet eine heilige Dreifaltigkeit aus Arbeit (möglichst gut), Haben (möglichst viel) und Shopping (möglichst oft). Wer in einem der drei Bereiche nicht in den erwarteten Gleichklang einstimmt läuft Gefahr, als Außenseiter oder gar Versager abgestempelt zu werden.

Der Begriff der Freiheit wiederum scheint sich im Wesentlichen in einem teilweisen Fehlen von Tempolimits auf Autobahnen zu erschöpfen ... und in einem Angebot von gefühlt rund siebzig Sorten an Erdbeerjoghurt, zu finden in den Regalen der großen Discounter.

Das antike Griechenland ist ja die Geburtsstätte der abendländischen Philosophie.

In diesem Zusammenhang fällt mir eine Geschichte ein, die ich online gelesen habe.

Sie geht ungefähr so: Ein Professor der Philosophie stand vor seiner Pensionierung.

Ein Jahr davor kündigte er sein Dienstverhältnis mit der Uni und heuerte bei einer Reinigungsfirma an. Er wollte sich am Ende seines Berufslebens einmal aus dem akademischen Elfenbeinturm heraus lehnen und das praktische Leben kennenlernen.

Ein Leben, in dem die Leute auf Niedriglohnniveau schuften müssen.

Der Personalchef der Putzfirma staunte nicht schlecht. Er nahm ihn trotzdem in ein Beschäftigungsverhältnis.

Eine konstruktive Erfahrung für den Professor: Die Tätigkeit entpuppte sich als harte, schmutzige Arbeit bei Mindestlohn - und genau so war es geplant.

Ein praktischer Feldversuch sozusagen. Nur, dass einen solchen sonst kein Gelehrter freiwillig machen würde.

Als Reaktion aus dem akademischen Umfeld könnte ich mir am ehesten Unverständnis ausmalen.

Wie kann man nur auf ein Jahr seiner Pensionsansprüche verzichten? Es nicht gemütlich ausklingen lassen?

Eine Arbeit weit unter der Würde eines Akademikers. Nicht ernst zu nehmen, die ganze Aktion.

Oder gar ein Nestbeschmutzer.

Das sind doch ganz typische Denkmuster, mit denen sich jemand, der aus intellektuellen Kreisen ausschert und womöglich gar Partei für (vermeintlich) einfache Menschen ergreift, konfrontiert sieht.

Was ich sagen will - für den Professor war die Sache in Ordnung gewesen. Er fand sich mit dieser Arbeit in seiner Einschätzung bestätigt, dass der wissenschaftliche, intellektuelle Betrieb völlig überdehnt ist.

Vieles ist überdehnt, es zieht sich gefühlt durch die ganze Gesellschaft.

Die Arroganz, Überheblichkeit und Rechthaberei vieler Menschen, die Tatsache, dass sich sogar Wildfremde in private Angelegenheiten einmischen, hat etwas Beängstigendes an sich.

Ganz zu schweigen von den hasserfüllten Reaktionen zu irgendwelchen Themen in den sozialen Netzwerken - wir sind, wie wir reden.

Es scheint mir wie auf einem Pulverfass. Bescheidenheit, Dankbarkeit und Demut sind in der Gemeinschaft kaum mehr zu finden.

Wir haben dieses System so in uns aufgesogen, dass wir es schon gar nicht mehr merken.

Über den Schwächeren stehen, Ellbogen ausfahren, purer Egoismus. Ein steter Mangel an Empathie in allen Lebensbereichen (was den Deutschen übrigens schon mit den Nürnberger Prozessen von 1946 bescheinigt wurde).

Es sei überall auf der Welt so, wird einem vermittelt - also alles gut, alles im grünen Bereich!

Ist es wirklich so? Oder wird einem das Ganze nur eingeredet, um abzulenken davon, dass es eben doch *anders* sein *kann*?

Wieviel von dem Anderen möglich ist, habe ich bereits auf Kos gemerkt.

Die Insel wird regelmäßig von Pauschaltouristen überschwemmt. Trotzdem ist es eine völlig andere Welt, ein (noch) komplett anderes Leben, und das auf europäischem Boden.

Nun also die Überfahrt nach Nisyros.

Wer Ruhe sucht und sich an atemberaubender Landschaft nicht satt sehen kann, der sollte diesen Ort besucht haben. So steht es zumindest in einigen Reiseführern.

Drückt man auf Kos Einheimischen gegenüber seine Absicht aus, dem Massentourismus zu entfliehen und Abgeschiedenheit zu finden, wird einem die Insel schnell als Tipp genannt - nur wenige, kühne Touristen würden den Weg dorthin auf sich nehmen, heißt es.

Möglicherweise liegt es daran, dass der Insel gegenüber ein gewisser Respekt angebracht ist: Nisyros befindet sich auf dem so genannten Kykladenbogen, an dem die anatolische und die afrikanische Kontinentalplatte zusammentreffen.

Es handelt sich um ein Hochrisikogebiet: Der letzte große Vulkanausbruch liegt zwar schon um die 8000 Jahre zurück, trotzdem gibt es in den beiden noch aktiven Kratern der Insel immer wieder Schlammeruptionen.

Erdbeben, zum Glück meist kleinere, sind an der Tagesordnung und lassen die Insel regelmäßig erzittern.

Es heißt, Nisyros sei nicht einfach zu erreichen. Tatsächlich ist die Insel ausschließlich auf dem Seeweg zugänglich. Von Piräus und größeren Inseln wie Rhodos oftmals nur ein- oder zweimal wöchentlich. Um flexibel zu sein empfiehlt es sich, die Fähre von Kardamena zu nehmen.

Der Hafenort liegt im Süden der Insel Kos, und ein Schiff nach Nisyros legt hier wenigstens einmal täglich ab. Im Winter, je nach Wetterlage, sind die Verbindungen oftmals nicht gewährleistet und fallen häufig aus.

So kann es in der kalten Jahreszeit schon einmal zu Versorgungsengpässen kommen. Denn mit der Fährverbindung werden viele Güter des täglichen Bedarfs auf die Insel geliefert.

Heute, wo ich an Bord bin, befinden sich eine Handvoll Touristen und ein paar Einheimische mit ihren Mopeds auf der Fähre. Zwei oder drei Autos, die in Deutschland schon seit ewigen Zeiten keinen TÜV mehr bekommen hätten, sind mit von der Partie.

Ein älterer Kühlwagen, mit dem Logo eines bekannten deutschen Eisherstellers, rostet während der Überfahrt weiter gemütlich vor sich hin.

Etwas über eine Stunde dauert die Fahrt von Kardamena. Nach rund einer dreiviertel Stunde zieht zur rechten Seite Gyali vorbei.

Auf der unbewohnten Insel (die Angaben sind widersprüchlich: manche sagen, es lebten dort rund zwanzig Personen, genauer gesagt Arbeiter mit ihren Familien) werden

Obsidian, Basalt und Bimsstein abgebaut. Die großen, weißen Abraumhalden sind von der See aus deutlich zu erkennen.

Bimsstein, ein glasiges Vulkangestein, wird als Baumaterial in viele Länder exportiert. Es stellt eine sehr bedeutende Einnahmequelle der kleinen Gemeinde Nisyros, zu der Gyali gehört, dar.

Die Berge, die die Caldera umschließen, grenzen sich jetzt scharf vom blauen Himmel ab. Es wird damit immer deutlicher, dass es sich bei Nisyros um eine Insel vulkanischen Ursprungs handelt.

Die weiß gekalkten, würfelförmigen Häuser von Mandraki, dem Hauptort der Insel, rücken näher. Das schwarze, vulkanische Gestein, auf dem das Dorf gebaut ist, wird erkennbar. Das Meer schlägt seine Wellen gegen die schwarze Küste, an der sie schäumend brechen.

Für die Entstehung des Felsen, auf denen Mandraki steht, hat die griechische Mythologie übrigens eine schöne Erklärung: Ein Gigant namens Polybotes hatte mit ein paar anderen seinesgleichen den Zeus und die Götter des Olymp - sagen wir es mal so - gereizt. Er wurde übers Wasser gejagt und schließlich von Poseidon, dem Gott des Meeres, gestellt.

Um Polybotes zu töten, brach Poseidon einen Felsen von Kos ab und warf ihn nach dem Giganten. Der Stein fiel ins Meer und begrub den Riesen unter sich.

Der Felsbrocken, der nun im Wasser liegt, das ist Nisyros.

Doch Polybotes ist nicht tot - er bäumt sich unter dem Gestein auf, versucht sich zu befreien. Deshalb wackelt auf Nisyros mal mehr, mal weniger stark die Erde und spuckt Feuer.

Es ist jetzt Ende September. Später Vormittag. Die Sonne brennt zu der Jahreszeit immer noch sehr stark vom Himmel herunter.

Ein strammer Luftstrom vom Meer, verstärkt durch den Fahrtwind, weht mir ins Gesicht. Die Luft riecht angenehm mild und salzig.

Die Fähre legt in Mandraki an.

Gleich werde ich meinen Fuß auf Nisyros setzen, einem der größten aktiven Vulkane des Mittelmeeres.

Der Insel wird nachgesagt, magisch zu sein.

Tatsächlich bezaubert ihre wilde Schönheit auf den ersten Blick, sie zwingt den menschlichen Geist - selbst für griechische Verhältnisse - die Welt aus einer anderen, einfachen und ursprünglichen Perspektive zu betrachten.

NISYROS I

Nisyros gilt als die Vergessene unter den Inseln des Dodekanes, obwohl sie geographisch ziemlich in der Mitte einer Linie von Patmos nach Rhodos liegt.

Sie befindet sich, wie auch Kos oder Symi, nahe der türkischen Küste.

Geprägt ist Nisyros von einer mächtigen Caldera, die vor rund 50.000 Jahren bei zwei gigantischen Eruptionen entstanden ist. Die Insel misst nur rund acht Kilometer im Durchmesser und ist fast rund.

Etwa 1.000 Einwohner leben auf Nisyros, überwiegend in Mandraki, dem Hauptort und Hafen. Die vielen schönen, weiß gekalkten, kubischen Häuser des Ortes sind ein Zeichen dafür, dass die Insel eine „Verlängerung" der Kykladen darstellt.

Es ist hier, wie es fast immer in der griechischen Inselwelt ist - faszinierend.

Eine Symphonie in Blau und Weiß.

Die strahlende Sonne und weiße Wolken, wie mit einem Pinsel auf den blauen Himmel getupft, und ein azurblaues Meer darunter liegend.

Jede Insel ist, wirkt und bleibt anders.

Die augenfälligen Unterschiede sorgen für Abwechslung: Kleine oder große Inseln, mehr oder weniger besiedelte (die unzähligen kleinen Inseln sind meist gar nicht bewohnt).

Stärker bewachsen, tiefgrün und saftig. Oder einsam, kahl und bergig. Oder beides gleichzeitig.

Die Sonne jedoch, der Himmel und das Meer, sie strahlen, so hat es den Eindruck, überall um die Wette.

Die Fähre legt an. Einmal am Tag geschäftiges Treiben.

Der alte Kühlwagen wird vom Schiff herunter gefahren und parkt wenige Meter weiter.

Dort offenbart er sein Innenleben: Es handelt sich um einen Gemischtwarenhandel auf Rädern.

Frisches Gemüse, Getränke aller Art und verschiedene Waren des täglichen Bedarfs befinden sich in ihm. Nur keine Kälte, wie man vermuten könnte - und keinerlei Eis.

Während der Verkauf von der Ladefläche des Transporters heraus startet, gehe ich auf einen Reisebus zu, der ein paar Meter weiter steht.

Es ist der einzige weit und breit.

Es wird wohl jener sein, der zur Caldera und anschließend nach Nikia fährt ... ein überraschend modernes und geräumiges Gefährt. Hinter mir fragt jemand seine Frau, wie so ein Bus auf die Insel kommt. Auf die Fähre würde er jedenfalls nicht passen.

Tatsächlich trommelt nun ein Mann jene Leute zusammen, die diese Fahrt gebucht haben.

Ein paar „wilde Fahrer", die den Bus mit benutzen, sind ebenfalls dabei. Vermutlich wollen die Einheimischen nach Nikia.

Der Reisebegleiter stellt sich als Yanni vor und bittet die Leute, Platz zu nehmen.

Der Bus fährt los.

Die Straße führt zunächst zur Ortschaft Pali, danach geht es kurvenreich und steil einige Kilometer in die Berge.

Auf einem Bergsattel zweigt die Straße nach rechts ab, in den Kessel der Caldera.

Wiederum kurvig geht es erst einmal bergab, bis der Bus sich in einer kargen Mondlandschaft befindet.

Drei Krater sind es in der Caldera: Der Alexandros, der Polivotis und die Hauptattraktion, der Stefanos-Krater.

Um die Caldera herum türmen sich die Berge, mindestens 250 und bis zu 550 Meter hoch. Die umliegenden Felsen werden übrigens von kleinen Kirchen und einigen Klöstern geschmückt, die teils beschwerlich zu erreichen oder seit langem verlassen sind.

Der Kessel mit seinen drei Kratern hat einen Durchmesser von etwa 3,8 Kilometer. Von oben gesehen würde er Nisyros dominieren.

Wir halten am Parkplatz, der sich beim Krater Stefanos befindet.

Als sich die Tür des Bus öffnet, schnürt es mir beinahe den Atem ab: Es ist elend heiß hier unten und die Luft scheint zu stehen.

Der Krater lässt sich von einem gesicherten Aussichtspunkt aus betrachten, direkt am Rand des Stefanos. Er ist mit seinen fast 300 Metern Durchmesser und 30 Metern Tiefe mächtig und gefährlich anzuschauen. Menschen bewegen sich wie kleine Ameisen darin.

Tatsächlich wagen die meisten Leute den Abstieg, der nicht leicht ist. Man muss die Hitze aushalten können, die beim abwärts gehen immer größer wird.

Es empfiehlt sich sehr gutes, festes Schuhwerk (zum Beispiel gute Stiefel) anzuziehen, denn in der Kratersohle herrschen Temperaturen von fast 100 Grad.

Aus Fumarolen treten Wasser- und Schwefeldämpfe aus, die einen üblen Geruch nach faulen Eiern verbreiten. Kochend heißes Wasser brodelt in kleinen Kratern voller Schlamm vor sich hin.

Zum Glück gibt es direkt beim Parkplatz eine kleine Taverne, oder besser: einen improvisierten Kiosk. Bei der Hitze ist eine Erfrischung notwendig. Man kann gar nicht so viel Nachschub an Flüssigkeit liefern wie verbraucht wurde.

Ich stehe da, schaue auf den Krater und denke an die Reisen, die ich zu den griechischen Inseln bereits unternommen habe. Geschichten, die ich erlebt habe, Eindrücke, die ich gesammelt habe. Die Unterschiede auf den Inseln, Begegnungen mit lieben Menschen.

Vieles werde ich bereits vergessen haben.

Habe ich nun schon Wahnvorstellungen? Ich komme auf eine verwegene Idee.

Ich weihe Yanni in meinen Plan ein, dass ich vorhabe, erst am nächsten Tag mit dem Bus zurückzufahren, und zwar von Nikia aus.

Er ahnt Schlimmes. Selbst für griechische Verhältnisse bringt das seine ganze Reiseplanung ordentlich durcheinander. Nicht zuletzt stellt das Ganze ja eine versicherungsrechtliche Frage dar.

Er versucht mich umzustimmen, aber ihm gefällt meine Abenteuerlust. So läuft sein Widerstand ins Leere.

Nun gut. Allzu weit ist es nicht. Sieben Kilometer schätze ich.

Ich nehme meinen Rucksack und laufe los.

Ich will den Rest der Strecke nach Nikia wandern.

Einsam gehe ich die staubige Piste zurück, weg vom Bus, weg von den Touristen, weg vom Stefanos-Krater.

Dabei erinnere ich mich an Korfu.

K O R F U

Korfu. Mein erster Trip nach Griechenland.

Zu der Zeit ging es noch mit einer Turbo-Prop-Maschine auf Reisen - mit zwei Triebwerken und etwas über 30 Plätzen in der Kabine.

Ein wenig holprig war der Hinflug schon. Nicht gerade empfehlenswert für jemanden, der überhaupt erst das zweite Mal fliegt.

Beim Heimflug gerieten wir, nebenbei bemerkt, in ein Gewitter über dem Allgäu.

Die Blitze des Unwetters konnte man regelrecht greifen. Ansonsten nur die Schwärze von Gewitterwolken um das Flugzeug herum.

„Five Miles Out", der Katastrophenflieger-Song von Mike Oldfield, hätte in diesen Momenten wie die Faust aufs Auge gepasst ... das Flugzeug wurde so durchgerüttelt, dass bereits die Sauerstoffmasken ausgeworfen wurden. Einige Leute schrien wie am Spieß und hatten bereits mit ihrem Leben abgeschlossen.

Irgendwo hörte ich ein gemurmeltes „Vaterunser". Meine Tasse Kaffee verabschiedete sich endgültig aus der Halterung und ergoss sich über meine Hosen. Spätestens zu diesem Zeitpunkt wurde mir mulmig.

Am Ende lief aber alles gut. Wir landeten ordentlich durchgeschüttelt, aber wohlbehalten.

Wie kam es überhaupt dazu, dass es mich erstmals auf eine griechische Insel verschlug?

Im Reisebüro war das eine von zwei Möglichkeiten - alle anderen Optionen von unserem kleinen Regionalflughafen aus waren bereits ausgebucht. Und nach Mallorca, der Insel rotnackiger Sauftouristen, wollte ich nicht.

Es sei nur am Rande erwähnt: Mallorca sollte Jahre später zu einer weiteren Liebe von mir werden. Eine interessante und wunderschöne spanische Insel, mit guter Infrastruktur und lieben Menschen, Teil der Balearen.

Korfu war also die zweite Möglichkeit und für mich das offenbar kleinere Übel ... dann ging es eben zu den Tsatsiki- respektive Knoblauchfressern!

So mit Vorurteilen beladen dachte ich tatsächlich.

Der Flughafen von Korfu gilt unter Piloten als einer der schwierigsten in Europa, weil ein Großteil der Landebahn von Wasser umgeben ist.

Die Piste ist zudem relativ kurz und wird ziemlich niedrig, parallel zu den Bergen, angeflogen. Dafür muss der Pilot eine ordentliche Schleife fliegen.

Nach der Landung, als die Türe der Flugzeugkabine sich öffnete, war es Liebe auf den ersten Atemzug: Die warme, salzige Luft, die mir entgegenströmte und die ich in meine Lungen sog, raubte mir sprichwörtlich den Atem.

Ich war begeistert. So angenehm, frisch und mild - ein tolles Klima. Gut für Gesundheit und Gemüt, das fiel mir sofort auf.

Dieses Licht ... einzigartig. Und wie sich später herausstellte: Tolles Essen, großartige Landschaften und unglaublich zuvorkommende, gastfreundliche Menschen.

Korfu könnte man auf Grund seiner Nähe zu Ithaka als das Land der Phäaken interpretieren. Die Legende berichtet jedenfalls, dass die Tochter des Phäakenkönigs den schiffbrüchigen Odysseus an einem Strand fand und rettete.

Homer beschreibt den Strand in seiner Odyssee. Es könnte die Bucht von Ermones sein - weißer Sand, von dicht bewachsenen Bergen umgeben, aus denen ein kleiner Bach rinnt.

Solche Überlieferungen und die Tatsache, dass Korfu dem europäischen Festland am nächsten liegt, sorgten dafür, dass die Insel sich bereits früh zu einem Zentrum des internationalen Tourismus entwickelte. Ein klassisches Reiseziel, das heute noch lohnenswert ist.

Philip Mountbatten, verstorbener Prinzgemahl der britischen Königin Elisabeth II., wurde hier geboren, ebenso die bekannte griechische Sängerin und Politikerin Vicky Leandros. Etliche Berühmtheiten weilten schon früh auf Kerkyra (so heißt Korfu in der Landessprache), darunter Kaiserin Sissi. Doch dazu später.

Eleni, die Kontaktperson des Reiseveranstalters auf der Insel, sorgte nun für den Transfer zum Hotel - offenbar nicht die übliche Richtung, welche die Touristenströme gehen: Wir fuhren mit ihrem Privatfahrzeug, einem klapprigen Fiat Panda ohne Innenverkleidung.

Einige Male musste ich mich ordentlich festhalten.

Ihr kleiner, schwarzer Hund auf der Rückbank nickte bei jedem Schlagloch und in jeder Kurve wie ein Wackeldackel mit dem Kopf. Irgendwie gelangweilt (er war die Kurven ja gewöhnt), doch aus treuen, dunklen Augen blickend.

Mein Gesicht musste mittlerweile einen grünlichen Schimmer angenommen haben ...

„Tja, in Griechenland wird eben zügig gefahren", meinte Eleni in ziemlich gutem Deutsch.

„Ja, mag sein ..." erwiderte ich mit brüchiger Stimme.

Eleni war in Frankfurt geboren und, wie sie mir erzählte, erst einige Jahre später, als Jugendliche, nach Kerkyra gekommen. Es war die Heimat ihrer Eltern. Sie waren aus Deutschland zurückgekehrt.

Was soll ich sagen - ich freute mich auf Korfu und war gespannt auf das, was die nächsten Tage auf mich zukommen würde.

*

Korfu, die nördlichste Insel im Ionischen Meer, ist die siebtgrößte Griechenlands.

Paxos, Lefkada, Ithaka, Kefalonia und Zakynthos bilden gemeinsam mit Kerkyra und einigen kleineren Inseln die Region der Ionischen Inseln.

Aufgrund eines milden Mikroklimas wachsen hier viele Blumen und ganz besonders Orchideen gedeihen gut. Von diesen empfindlichen Pflanzen gibt es auf der Insel über 30 Arten.

Für alle Freunde blühender Pracht ist Korfu damit ein absolutes Traumziel. Viele Olivenbäume, üppige Zypressenhaine und die wundervoll lila blühenden Espen ergänzen das bunte Bild.

Eine Spezialität, die sonst nirgends in Europa vorkommt, ist die Kumquat, eine chinesische Mini-Orange. Aus ihr werden Süßigkeiten und vor allem der bekannte Kumquat-Likör hergestellt.

Durch ihre üppige Vegetation wirkt Kerkyra im Vergleich zu anderen griechischen Inseln eher untypisch. Kenner und Liebhaber sind der Auffassung, dass sie allein deshalb eine ganz besondere Ausstrahlung besitzt.

Es wundert kaum, dass Korfu als "Grüne Insel" bezeichnet wird. Wegen der schönen Natur und der traumhaften Küstenstreifen, an denen man Baden kann, ist sie ein Anziehungspunkt für Menschen aus aller Welt.

Einer der schönsten und eindrucksvollsten Strände ist der Issos Beach im Südwesten, an dem 1980 (wie an vielen anderen Plätzen der Insel) Szenen für den James Bond-Film „In tödlicher Mission" gedreht wurden.

Der feine, weiße Sandstrand findet sich am südwestlichen Ende des Korission-Sees, inmitten einer beeindruckenden Dünenlandschaft. Hier türmen sich die Sandberge zu einer Höhe von über 15 Metern auf.

Auf dem Meer finden Wind- und Kitesurfer gute Bedingungen und haben genug Platz, um ihrem Sport nachzugehen.

In den Schilfgebieten, die den See umgeben, haben sich 14 Orchideenarten, weiße Lilien und etliche seltene Tierarten angesiedelt. Der fünf Kilometer lange Korission-See, einst von den Venezianern zur Entwässerung eines Feuchtgebiets angelegt, ist deshalb zum Naturschutzgebiet erklärt worden.

Im Nordwesten der Insel befindet sich einer der eindrucksvollsten Aussichtspunkte, von dem aus der Betrachter einen phänomenalen Blick auf das türkisblaue Meer, auf steile Klippen und bizarre Felsformationen hat.

Das so genannte Kap Drastis lässt den Blick frei auf die wohl schönste Bucht von Korfu, den Canal d'amour, einem schönen Fjord, in dem das Wasser besonders klar und hellblau erstrahlt.

Dieser Fjord ist besonders für Verliebte und Singles auf der Suche interessant. Denn um den Strand, der vom Kap durch eine Treppe zu erreichen ist, ranken sich die verschiedensten Geschichten, wie eine Liebe für immer hält oder zu finden sei.

In der Nähe des Kaps befinden sich die beiden Dörfer Sidari und Peroulades, welche gerne als malerische Fotomotive genutzt werden.

Der Pantokrator im Nordosten ist mit rund 910 Metern der höchste Berg Korfus. Der Gipfel ist über eine asphaltierte Straße gut erreichbar (es gibt, nebenbei bemerkt, einige Wanderwege in der Gegend, und der Berg ist für Geübte auch zu Fuß erreichbar).

Oben angekommen, wird man mit einem wunderschönen Ausblick über das Meer und die gegenüberliegende Küste bis nach Albanien belohnt.

Auf dem Gipfel kann das 1374 errichtete Kloster Ypsilos Pantokratoras besichtigt werden. Heute noch pilgern die Einwohner der umliegenden Dörfer dorthin - Jahr für Jahr, an jedem 6. August, dem Tag der Verklärung Jesu.

Für die pulsierende Inselmetropole Korfu-Stadt lohnt es sich, etwas mehr Zeit einzuplanen.

Direkt am Wasser gelegen hat sie einen unbestreitbar großen Einfluss der italienischen Stadt Venedig zu verzeichnen, zu deren Reich sie rund 500 Jahre lang gehörte.

Insbesondere in der entzückenden Altstadt wird dieser Einfluss sichtbar: Die pastellfarbenen Häuser und die Straßen mit Kopfsteinpflaster erinnern in ihrer Architektur und Anlage sehr an die bekannte Lagunenstadt im Norden Italiens.

Erkennbar ist dies zum Beispiel am Stil der Agios Spiridonas, der Kirche des Stadtheiligen Spyridon. In dem Gotteshaus werden übrigens die Reliquien des Schutzpatrons aufbewahrt, die besichtigt werden können.

Einer der schönsten Plätze Korfus ist die berühmte Esplanade, eine Arkadenstraße im französischen Stil. Unter dem Bogengang haben sich etliche Cafés und Restaurants eingerichtet. Die Esplanade versprüht ein kosmopolitisches Flair - hier ist es immer gut besucht und es gilt das Motto: sehen und gesehen werden.

Gegenüber der Arkadenstraße gibt es eine Besonderheit - auf der Grünfläche wird Cricket gespielt. Der Sport wurde in der britischen Besatzungszeit Anfang des 19. Jahrhunderts eingeführt und hat sich tatsächlich zum korfiotischen Nationalsport entwickelt - absolut ungewöhnlich für Griechenland.

Eine weitere Besonderheit auf Korfu ist die Liebe zur Musik, geprägt von den Opern der Italiener und der Blasmusik der englischen Korps - eine importierte Herzensangelegenheit also.

Was diese Stadt neben vielen Sehenswürdigkeiten und interessanten Bauten so spannend macht, ist ihr südländisches Flair und ihre Lebendigkeit: Es gibt hier viele junge Menschen und besonders im Studentenviertel ist dieses Lebensgefühl zu spüren.

Es lässt sich nun nicht sagen, ob es typisch griechisch oder eher italienisch ist … der ein oder andere französische und britische Farbtupfer ist ja auch noch dabei.

In den vielen kleinen Gässchen finden sich nette Boutiquen, Cafés und Bars. Da fällt es als Besucher leicht, sich treiben zu lassen und bei einem leckeren griechischen Essen einfach den Moment zu genießen.

Den Fußstapfen der österreichischen Kaiserin Elisabeth, genannt Sissi, sollte man auf alle Fälle folgen.

Ja, Sie haben richtig gelesen: Im Jahr 1888 verbrachte die Kaiserin einige Wochen in einer alten Villa, um sich von einer Krankheit zu erholen.

Dabei schloss sie die Insel so in ihr Herz, dass sie auf dem Grundstück der Villa von 1889 bis 1891 eine eigene Sommerresidenz, das Achilleion, erbauen ließ.

Ihre besondere Verehrung galt dem griechischen Helden Achilles. Das ist jener Held aus der griechischen Mythologie, der unverwundbar war bis auf eine Stelle an seiner Ferse. Er musste nicht nur als Namensgeber für das „Sissi-Schloss" herhalten, sondern wurde von der Kaiserin mit einer riesigen Statue im Garten des Palastes geehrt.

Elisabeth war es aufgrund ihres Todes im Jahr 1898 nicht vergönnt, diesen wunderschönen Besitz lange genießen zu können. Das Bauwerk wurde viele Jahrzehnte für die unterschiedlichsten Zwecke genutzt, bis es von 1962 bis 1982 restauriert und wieder in seinen Ursprungszustand zurückversetzt wurde.

Heute ist es als Museum zu besichtigen - jeder, der möchte, kann auf den Spuren der legendären Kaiserin wandeln und sich einen eigenen Eindruck von der Schönheit der Umgebung, in dem das Schlösschen steht, verschaffen.

*

„Wo kommst du denn her?", fragte der Wirt der Taverne in breitem Schwäbisch (um für Sie, liebe Leser, verständlich zu bleiben, verzichte ich auf die wörtliche Rede des Dialekts).

„Auch aus Baden-Württemberg?"

„Ja ... äh ... vom Bodensee", erwiderte ich völlig überrascht.

So kam es zu einem kurzen Plausch.

Wie sich im weiteren Verlauf des Gesprächs herausstellte, war Manfred gebürtig in Bietigheim und einst aus großem Frust (Trennung von seiner Frau) und großer Freiheitsliebe (zu den griechischen Mädchen) rund zwanzig Jahre zuvor, also um 1975, nach Griechenland ausgewandert.

So klein ist die Welt, dass sich an diesem Ort zwei Schwaben treffen.

Ich hatte auf Englisch bestellt und er hatte bemerkt, dass da ein leichter Einschlag der ihm bekannten Mundart vorhanden war.

Er hätte die Auswanderung nie bereut und auf keinen Fall würde er jemals zurück wollen, meinte er. Sein Glück habe er hier gefunden - mit der Lage seiner Taverne, dem milden Wetter und der weitgehend stressfreien Arbeit als selbständiger Wirt.

Für mich war das damals noch nicht so ganz nachvollziehbar, dennoch bewunderte ich ihn und seinen Mut. Sein Glück in der Fremde zu suchen und zu finden, eine andere Art zu leben, freier zu sein.

In mir arbeitete es das erste Mal.

Seine Taverne war tatsächlich ein Glücksgriff gewesen. Sie lag unter offenem Himmel (nur der Ausschankbereich war überdacht) und auf einer Klippe hoch über dem Meer - auf der anderen Seite der Straße, wo ich untergebracht war. Ich hatte es nicht weit. Seine Gäste konnten von hier aus einen perfekten Sonnenuntergang erleben.

So lässt es sich leben.

Die Taverne (ich weiß es wirklich nicht mehr, wie sie hieß, irgendwas mit View, also Aussicht, was bei dem Blick auf die untergehende Sonne naheliegend erscheint) war auch bei den Einheimischen sehr beliebt.

Es ist in den Dörfern Griechenlands früher üblich gewesen, bei Hochzeiten und Taufen Teller zu zerschlagen. Das passierte beim Tanzen, oftmals, wenn ein Mann zur Musik spontan und voller Melancholie seine zunächst einsamen Runden zog.

In den Bouzoukias - Lokale, in denen Bouzouki Musik zelebriert wird - ließ sich das besonders genau beobachten: Dort war die Geste des Tellerwerfens eine Ehrerbietung an die Musiker und Sänger, wenn das Publikum über das gewöhnliche Maß hinaus begeistert war.

Mittlerweile ist diese Tradition wegen der Verletzungsgefahr offiziell verboten worden.

Nur noch bei privaten Feiern ist sie gelegentlich zu beobachten. Es kommt immer auf die „kefi" an - ein Gefühl, eine spontane Laune in der sich eine Person befindet. Zwingen lässt ein Grieche sich prinzipiell zu nichts.

So war das auch in der Taverne hoch über dem Meer.

Eines Abends bekam ich von einer jungen Frau einfach einen Stapel Teller in die Hand gedrückt. Und diese Teller sollte ich, wie die Einheimischen, auf die Tanzfläche schmeißen und zwar so, dass niemandem etwas passiert.

Eine Ehre für einen „Xenos", einen Fremden, dem man seine Gastfreundschaft entgegenbringt - denn nur wenn man dazu aufgefordert wird, darf man mitmachen.

Die „Teller" waren übrigens sehr leicht, dünn und zerbrechlich, vermutlich aus Gips.

Viele Jahre später versuchte mir eine Frau auf Kreta ein Gefühl zu erklären, das eine kefi sein könnte …

KRETA

Die Frau war fast jeden Abend in der Taverne.

Offenbar eine gute Bekannte der Belegschaft, unterhielt sie sich doch ausschließlich auf Griechisch.

Manchmal, zu fortgeschrittener Stunde, tanzte sie einen Zeibekiko. Das ist ein Tanz mit improvisierten Figuren im 9/8-Takt, begleitet von Rembetiko-Musik, die in diesem Fall über eine CD eingespielt wurde.

Ursprünglich war es ein Kriegstanz, der Männern vorbehalten war. Mit der Zeit entwickelte er sich zu einem Tanz für alle gesellschaftlichen Anlässe. Kennzeichen: Weit geöffnete Arme, wie ein Adler über der Beute kreisend und ein starker, gefühlvoller Ausdruck.

Meist handelt er von der Schwermut des Lebens und von unerfüllter Liebe.

Tragisch und wehmütig.

Die Angestellten bildeten einen Kreis um die Frau - die meisten kniend, manche stehend oder sitzend - und bekundeten klatschend ihr Verständnis und ihren Beistand für die im Zeibekiko dargestellten Gefühle.

Es waren langsame und schnelle Schrittfolgen, überraschende Sprünge und enttäuschte Schläge auf den Boden.

Auch an diesem Abend war sie wieder schweißgebadet und hatte sich nach dem Ende ihrer Darbietung einen Ouzo-Longdrink redlich verdient.

Sie stand neben mir und fasste das Getränk aus.

„Du bist aus Deutschland?", fragte sie.

Ich war überrascht, dass sie so gut Deutsch konnte.

„Ja, bin ich. Du etwa auch?"

„Jap. Ausgewandert. Schon lange her. Ich hatte dich gestern Abend Deutsch reden hören."

Daher also die Ansprache. Ich war immer noch überrascht, dass sie keine Griechin war.

„Du warst sehr interessiert an dem, was du gesehen hast!"

„Ja, ich könnte stundenlang zuschauen", antwortete ich.

„Das war pures, griechisches Lebensgefühl", sagte sie.

„Die Essenz des Lebens. Hier sind die meisten so. Die Philosophie des Moments. Bleib hier, dein Herz schlägt griechisch. Das habe ich sofort gesehen. Du verstehst das Leben und die Menschen hier. Überleg es dir!"

Sprach es aus, nippte an ihrem Longdrink und ging unter die Leute.

*

Das dritte Mal auf Kreta.

Mich drängt es an diesem Morgen ganz in den Osten der Insel. Nach etlichen Jahren wieder einmal den Palmenstrand von Vai besuchen.

Die Strecke, für die man von Hersonnisos aus (inklusive eines zweistündigen Badeaufenthalts) einen ganzen Tag einplanen sollte, hat mich lange davon abgehalten. Doch die Sehnsucht ist erst einmal größer.

Ich fahre also mit dem Mietwagen los - an Agios Nikolaos, dem schönen Hafenstädtchen vorbei, Richtung Sitia.

In Vai angekommen, bin ich enttäuscht - der ziemlich kleine Strand ist hoffnungslos überfüllt. Und irgendwie hatte ich ihn viel schöner in Erinnerung.

Vermutlich hat sich nun endgültig herumgesprochen, dass hier (angeblich) die Werbung für einen bekannten Kokos-Schokoriegel gedreht wurde.

Ich bin der Meinung, dass dieser Platz überschätzt wird. Zumindest hat er jetzt überhaupt nichts Beschauliches oder Karibisches mehr an sich.

Nun, da ich hier bereits früher einmal war, geht es ein Stück zurück nach Paläokastro, und von dort aus nach Zakros. Etwa acht Kilometer nach Zakros liegt die antike Stätte von Kato Zakros. Dort finden sich die Reste eines der vier minoischen Paläste (man sieht nur wenig davon). Die möchte ich besuchen.

Bereits in Zakros ist es sehr ruhig. Es kommen nur wenige Leute in die Gegend - die Strecken, die man von den Touristenzentren zurücklegen muss, sind einfach zu weit.

Dann, oben auf der Straße, in einer Kurve, öffnet sich ein genialer Aussichtspunkt. Mit einer Hütte. Daneben steht ein Esel.

Weit und breit ist kein Mensch zu sehen.

Ich halte hier, genieße die Aussicht und rede ein wenig mit dem angeknoteten Esel.

Er schaut mich gelangweilt und lieb an, doch ich fürchte, er kann kein Deutsch. Er tut mir leid, so einsam in der Hitze.

‚Irgendjemand wird sich schon um ihn kümmern', denke ich.

Die Hütte ist offensichtlich verwaist und verschlossen. Ich fahre weiter.

Als ich fast zwei Stunden später von Kato Zakros zurückkomme und wieder an der Stelle vorbeifahre, steht der Esel immer noch da.

Doch die Hütte ist jetzt offen. Genauer gesagt handelt es sich um einen improvisierten Verkaufsstand. Besetzt mit einer jungen, hübschen Frau. Sie hat langes und glattes, schwarzes Haar und sitzt hinter einem Berg von Orangen.

Es wird hier nur ein Produkt angeboten: Frisch gepresster Orangensaft (Ost-Kreta ist bekannt als Anbaugebiet für besonders große und saftige Orangen).

Ich halte nochmals an und ordere einen Orangensaft.

Ich schaue erst einmal zu, wie die Früchte sorgfältig von Hand ausgepresst werden. Es gibt hier keinen Anschluss ans Stromnetz - und somit keine elektrisch betriebene Saftpresse.

Kurze Zeit später halte ich einen Becher des fruchtigen Saftes - garniert mit einem langen, bunten Strohhalm - in meinen Fingern. Er schmeckt frisch und lecker.

Die junge Frau kommt aus dem Stand heraus und füttert den Esel mit den ausgepressten Orangenschalen. Ich wusste gar nicht, dass Esel auf solche „Leckereien" stehen.

Dann schauen wir, wie nebeneinander aufgereihte Perlen, zufrieden aufs Meer: sie und ich, der Esel in unserer Mitte.

Ob und was wir - in gebrochenem Englisch - gesprochen haben, daran erinnere ich mich nicht mehr. Vielleicht so viel wie: Prima Aussicht, braver Esel, gute Fahrt.

Die ganze Zeit über kam nicht ein einziges Fahrzeug am Verkaufsstand vorbei. Und auf meiner Rückfahrt nach Zakros kam mir keines entgegen.

So ist Griechenland: Am Außenposten der Menschheit ein Geschäft betreiben - und zufrieden sein.

*

Kreta ist mit rund 260 Kilometern Länge die größte Insel Griechenlands. Sie bildet gleichzeitig die südlichste Begrenzung Europas und ist die fünftgrößte Insel des Mittelmeeres.

Es ist eine Insel der Gegensätze: Klimatisch, landschaftlich und kulturell.

Sie bietet eine unglaubliche Zahl an Sehenswürdigkeiten, Dörfern und malerischen, wilden Gebieten. Wegen des milden Klimas an den Küsten kann Kreta praktisch das ganze Jahr über besucht werden - baden kann man im Süden bis in den Dezember hinein.

Kreta ist geprägt durch drei gigantische Gebirgsmassive - die Weißen Berge (Lefka Ori), das Ida-Massiv (mit dem Psiloritis) und die Höhenzüge des Dikti. Insgesamt sind es rund 50 Gipfel, die höher als 2000 Meter sind.

Die mächtigsten davon (zum Beispiel der Psiloritis) reichen bis auf fast genau 2500 Meter heran. Diese Felsmassive sind durchzogen mit Schluchten - eine riesige Spielwiese für Abenteurer und Trekking-Begeisterte.

Zwischen den Gipfeln befinden sich fruchtbare Hochebenen.

Die Gebirgszüge trennen auch die zwei großen Klimazonen Kretas: Im Süden herrscht ein afrikanisches, trockenes Milieu, das vom lybischen Meer her kommt. Im Norden ein kühleres Mittelmeerklima.

In den nördlichen Gebieten der Insel kommt es an den Küsten nicht so oft vor, dass die Temperaturen weit über 30 Grad steigen. Dafür liegt auf den höchsten Gipfeln der Berge bis in den Mai hinein noch Schnee.

Tatsächlich gab es auf Kreta früher Wintersportgebiete. Die Skilifte werden heute nicht mehr genutzt.

Dies liegt zum einen daran, dass die Gebiete schlecht erreichbar waren und man mit technischen Problemen (zum Beispiel unregelmäßiger Stromversorgung) zu kämpfen hatte. Zum anderen steht Wintersport nicht gerade im Fokus der griechischen Mentalität.

Heute gibt es nur noch Angebote für Tourengeher.

Der Kontrast von der Eiswüste oben in den Bergen und der Möglichkeit, später am Meer baden zu gehen, macht Wintersport auf Kreta so interessant.

Kreta hat eine wunderbare Fauna und Flora zu bieten. Einige Tier- und Pflanzenarten sind nur auf der Insel heimisch.

Bei den meisten endemischen Tierarten handelt es sich um Wirbellose wie Spinnen, Doppelfüßer, Asseln und Insekten. Es gibt allein rund 60 Arten an Schnecken, die ausschließlich auf Kreta heimisch sind.

Zu den endemischen Arten gehören außerdem der Kreta-Wasserfrosch und eine Eidechsenart.

Bei den Säugetieren sind allerdings nur wenige einheimische Spezies bekannt, wie beispielsweise die Kretische Spitzmaus und die kretische Wildkatze (die fast ausgestorben ist).

Im Allgemeinen sind Säugetiere auf Kreta nur spärlich vertreten. Grund dafür ist die Insellage - auf dem Landweg konnten Tiere nicht einwandern.

Die kretische Flora zeichnet sich durch eine üppige Vielfalt aus, besonders unter den endemischen Arten: Etwa zehn Prozent der Pflanzen kommen nur auf dieser Insel vor, was im weltweiten Vergleich sehr viel ist.

Dazu zählt zum Beispiel die Kretische Zelkova, ein Baum der Familie der Ulmengewächse, der bis zu 5 Meter hoch wird. Sie wird auf der Roten Liste der vom Aussterben bedrohten Arten geführt.

Die immergrüne Kretische Platane ist ein Baum, der sehr groß werden kann und von dem es nur wenige Exemplare gibt.

Ein weiteres Beispiel ist das Wollige Brandkraut: Ein Strauch, von dem es auf der Insel vier Arten gibt - eine davon ist endemisch.

*

Heraklion ist Kretas Hauptstadt. Sie ist vor allem für ihre optimale, zentrale Lage bekannt und leicht zu erreichen.

Hier befindet sich nicht nur der wichtigste Seehafen, sondern auch ein internationaler Airport. Es ist der größere von zwei Flughäfen, über die Kreta an die Welt angebunden ist (der andere befindet sich bei Chania).

Die Stadt liegt an einer Bucht und hat einen direkten Zugang zum Meer. In der Inselmetropole leben derzeit fast 200.000 Einwohner.

Viele Bauwerke orientieren sich am Stil der Venezianer, wie beispielsweise die Loggia oder die Festungsmauern. Architektonische Meisterwerke sind die Agios-Titus-Kirche und der Morosini-Brunnen. Basiliken und Kathedralen laden zum Besuch ein.

Das Grab des Schriftstellers Nikos Kazantzakis (Autor des berühmten Buches "Alexis Sorbas") ist in Heraklion zu finden. Allerdings nicht, wie man vermuten sollte, auf einem Friedhof, sondern am südlichsten Punkt der Stadtmauer.

„Ich erhoffe nichts. Ich fürchte nichts. Ich bin frei", so lautet die Grabinschrift. Sie steht damit stellvertretend für viele Kreter. Ein freiheitsliebendes, furchtloses Volk, das selbst unter den Griechen vom Festland legendär ist.

Lebhaft geht es auf dem Marktplatz zu. Ein Besuch lohnt sich allemal - frische Lebensmittel und griechische Spezialitäten findet man hier zu günstigen Preisen.

Besonders beeindruckend ist das berühmte archäologische Museum. Es wirkt von außen recht schlicht, hält aber bedeutende Schätze bereit: Fundstücke vor allem aus der minoischen Epoche.

Zum Beispiel 4.000 Jahre alte Broschen und Ohrringe aus der matriarchalischen Palastzeit (Knossos, Phaistos). Sie wirken, als wären sie erst gestern hergestellt worden. Das Museum liegt ganz in der Nähe des Hafens an der Platia Eleftherias.

Man kann Kreta als Wiege der europäischen Kultur betrachten - die Reste der vier Minoischen Paläste zeugen von einer frühen, hoch entwickelten Kultur lange vor dem klassischen Griechenland.

Gegen 2.600 vor Christus kamen neue Völker auf die Insel, welche die Metallbearbeitung beherrschten (Vorpalast-Zeit).

Der Bau der ersten großen Paläste wird um 2.000 vor Christus datiert. Durch Erdbeben wurden sie rund dreihundert Jahre später wieder zerstört.

Es folgte der Aufbau neuer, luxuriöserer Paläste um 1.700 vor unserer Zeitrechnung. Seinen Untergang erfuhr das minoische Volk schließlich um 1.400 vor Christus, als die Kultur (wahrscheinlich durch den Ausbruch des Vulkans auf Santorin) ausradiert wurde.

Die minoische Epoche war vermutlich matriarchalisch organisiert. Das heißt, die Frauen hatten die Macht.

Danach beherrschten die Dorer, die Römer, die Byzantiner, Araber, nochmals die Byzantiner und schließlich die Türken teils mehrere Jahrhunderte die Insel.

Vom kleinen, aber belebten Busbahnhof in Heraklion fahren Omnibusse nicht nur ins Nachtleben von Hersonissos und Malia ab, sondern auch zu den minoischen Palästen von Knossos und Phaistos (von wo der berühmte Diskus kommt). Bis nach Knossos sind es nur etwa 5 Kilometer.

Knossos ist die wichtigste Ausgrabungsstätte auf Kreta. Der prächtige und luxuriöse minoische Palast war von einer Stadt umgeben.

Engländer begannen 1900 mit den Ausgrabungen und rekonstruierten große Teile des Palastes. Bis heute ist man damit beschäftigt.

Zu sehen gibt es vieles: Vorratskammern, Töpferei, rituelle Reinigungsbecken, das Theater und die königlichen Gemächer. Der Palast verfügte bereits über Brunnen, Zisternen und Wasserleitungen sowie Lichtschächte.

Doch zwei Artefakte prägen sich besonders ein.

Zum einen die Wandmalereien: Die Darstellung der drei „blauen Damen" ist eine mitreißende Illustration der Schönheit und Eleganz minoischer Frauen.

Die Fresken der „blauen Delfine" und der „Pariserin" stehen ihr in nichts nach - sie wirken heute noch lebensnah und überraschend frisch.

Zum anderen ist es der 4.000 Jahre alte Thron des Minos, der aus Alabaster gearbeitet wurde und der auf Grund seiner Geschichte einen bleibenden Eindruck hinterlässt.

Der Legende nach, welche die Griechen viel später bildeten, entstand der Minos aus der Vereinigung von Zeus mit Europa. Wer also auf diesem Thron tatsächlich saß, ist eines der Rätsel der Weltgeschichte.

Phaistos, etwa 62 Kilometer südwestlich von Heraklion gelegen, ist der zweit wichtigste minoische Palast.

Er wurde nicht rekonstruiert, man sieht nur die offen gelegten Grundmauern. Berühmtheit erlangte er durch den Diskus (auch: Diskos) von Phaistos (auch: Festos) aus mittelminoischer Zeit.

Es handelt sich hierbei um eine gebrannte Tonscheibe, auf der 45 abstrakte Zeichen in verschiedenen Kombinationen eingestempelt sind.

Die Entzifferung der Schriftzeichen scheiterte bislang. Es ist jedenfalls der erste Druck mit beweglichen Lettern in der Menschheitsgeschichte.

Die ehemalige griechische und später römische Stadt Gortys lässt sich vom Busbahnhof aus ebenfalls anfahren. Die Ruinen der einstigen Metropole sind sehr sehenswert.

Reste sowohl aus der griechischen wie auch der römischen Antike sind hier erhalten, beispielsweise ein Apollon-Tempel oder das römische Odeion.

Besonders beeindruckend jedoch ist eine Inschrift, eingemeißelt in Stein: Das erste öffentlich einsehbare, verbriefte Gesetzeskodex der Welt aus dem 5. Jahrhundert vor Christus.

*

Die Stadt Rethymno, mit der wir uns bereits im westlichen Teil Kretas befinden, hat viele Sehenswürdigkeiten zu bieten.

So zum Beispiel eine wunderschöne Altstadt mit vielen Geschäften, Cafés und Restaurants. Venezianische Bauwerke aus früheren Zeiten sind hier vorherrschend.

Außerdem findet sich hier der Rimondi Brunnen, welcher 1626 errichtet wurde. Dieser diente den Bürgern der Stadt als Wasserversorgung.

In der prächtigen Four Martyrs Church, die man besichtigt haben sollte, sind die Gebeine von den vier namensgebenden Märtyrern begraben. Die Kirche liegt am Eingang zur Altstadt.

Auf einem Hügel westlich der Altstadt liegt die venezianische Festung. Sie wurde bis 1580 fertiggestellt. Hier sind im Waffen- und Munitionslager Ausstellungsflächen vorhanden, zudem können Bauten wie Wohnhäuser, das Wasser-reservoir, das Armeelager und Ställe besichtigt werden.

Einen wunderschönen Ausblick über die Stadt Rethymno und das Meer hat man von dieser Fortezza.

Im alten Hafen legen Fischerboote an, die ihren Fang an die Restaurants in der Umgebung verkaufen. Zur blauen Stunde, wenn die Sonne gerade untergegangen ist und es noch nicht völlig dunkel ist, ist es am Hafen besonders schön in einem der Cafés zu sitzen.

Etwa 25 Kilometer südlich von Rethymno, nahe des Psilo-ritismassivs, liegt das Kloster Arkadi.

Es ist eines der berühmtesten Klöster Griechenlands und ein Nationalheiligtum aller Griechen, vor allem aber der Kreter. Es steht als Sinnbild für die Wehrhaftigkeit und den Freiheitsdrang des stolzen Inselvolkes.

Am 8. November 1866 wollten fast 1.000 Menschen, darunter viele Frauen und Kinder, lieber sterben als einer türkischen Übermacht (in Form eines 15.000 Mann zählenden Heeres) in die Hände zu fallen. Sie verschanzten sich im Pulvermagazin und sprengten sich kurzer Hand in die Luft.

Zu sehen gibt es neben den Resten des Pulvermagazins eine wundervolle, zweischiffige Basilika (eine der schönsten von Griechenland) und ein Museum, das mit vielen Klosterschätzen die Geschichte der Abtei über die Jahrhunderte hinweg skizziert.

Eine weitere schöne Metropole im Westen ist Chania, mit etwa 110.000 Einwohnern die zweitgrößte Stadt Kretas.

Hier gibt es einen venezianischen Leuchtturm, der ein sehr beliebtes Fotomotiv ist.

Einige gut erhaltene Arsenale können im Hafen besichtigt werden. Eines beherbergt den Nachbau eines minoischen Schiffes.

Hier ist die Janitscharen Moschee angesiedelt, die kostenlos in Augenschein genommen werden kann. Im Inneren befinden sich einige Stände mit selbstgemachtem Schmuck.

Im Süden der Altstadt ist die berühmte Markthalle untergebracht. Hier wird alles angeboten, was für das tägliche Leben gebraucht wird.

Es macht riesigen Spaß, sich unter die Leute zu mischen und das Treiben der Markthändler und ihrer Kunden zu beobachten - und vielleicht auch das eine oder andere Mitbringsel zu ergattern und einige kulinarische Kostproben zu genießen.

Der Kournas-See ist der einzige Süßwassersee auf Kreta und einen Abstecher wert. Nahe Georgioupolis liegt er inmitten der hohen Berge und umgeben von Olivenhainen in einer wunderschönen Landschaft.

Im Sommer lässt sich der See in einer Stunde umwandern. Es sind Restaurants und Bars vorhanden und wenn der Wasserspiegel nicht zu hoch ist, gibt der See kleine Strände frei. Der eine oder andere nimmt hier ein erfrischendes Bad. Sonnenschirme können ausgeliehen werden. Mit einem Kajak oder Tretboot ist der Besucher auf dem See ein willkommener Gast.

Was wäre Kreta ohne seine Schluchten? Es gibt auf der Insel unzählige schöne und begehbare Schluchten.

Zu den bemerkenswertesten gehören beispielsweise die Sirikari- oder die Imbros-Schlucht. Hier tritt man sich wenigstens nicht gegenseitig auf die Füße. Die Strecke durch die Sirikari-Schlucht ist zudem nicht allzu lang.

Die Schlucht von Samaria jedoch ist eine der längsten von Europa - und die berühmteste von Kreta. Die riesige Kluft ist 13 Kilometer lang und wer ein guter Wanderer ist, sollte sich dieses Wunderwerk der Natur ansehen.

An einem der Rastplätze gab es einmal einen Apollon-Tempel und die vorhandenen Bäume sollen ein Alter von 2.000 Jahren haben.

Der Weg führt über Stock und Stein durch das unbewohnte Dorf Samaria. Von ihm sind nur noch Ruinen vorhanden.

Ein Highlight des Weges durch die Schlucht ist die „Eiserne Pforte". Es ist die engste Stelle der Schlucht und nur etwa drei Meter breit.

Am Ende der Route befindet sich eine Taverne. Zu beachten ist, dass es in der Schlucht keinen Handyempfang gibt.

Gutes Schuhwerk ist Pflicht, weil die Wandertour sich sehr schwierig gestaltet – sie zieht sich in die Länge und ist damit nur etwas für Geübte. An einigen Stellen sollte man, wegen der Gefahr von herunterfallenden Steinen, nicht stehen bleiben.

An ausreichend Sonnenschutz und eine Kopfbedeckung sollte gedacht werden, ebenso an genügend Wasservorrat. Dieser lässt sich an den Rastplätzen wieder auffüllen.

Für Wasserratten ist ein Besuch des Strandes von Elafonissi, ganz im Westen Kretas, sehr empfehlenswert. An einigen Stellen gibt es rosafarbenen Sand zu sehen.

Es ist eine Lagune vorhanden, nicht tiefer als einen Meter, die für Kinder hervorragende Badeeigenschaften bietet.

Am östlichen Ende gibt es Toiletten, Sonnenschirme und Duschen. Kleine Snack-Bars sorgen für das leibliche Wohl. Ein Parkplatz steht ebenfalls zur Verfügung.

*

Agios Nikolaos ist eine der schönsten Städte auf Kreta. Sie zählt etwa 12.000 Einwohner und liegt im Osten der Insel.

Inmitten dieser Stadt befindet sich ein kleiner See (Voulismeni-See), der durch einen Kanal mit dem Meer verbunden ist. Rundherum sind viele Tavernen und Bars angesiedelt, von denen man einen schönen Ausblick auf den See hat.

Es gibt eine Fußgängerzone mit zahlreichen Geschäften in der Stadt. Mittwochs gibt es immer einen netten Straßenmarkt, den Einheimische gerne für den wöchentlichen Einkauf nutzen.

Neben der alten byzantinischen Kirche gibt es ein archäologisches Museum, welches Funde aus der Jungsteinzeit und der römischen Epoche beherbergt.

Abends kann man sich in verschiedenen Discotheken und Bars vergnügen. Die Stadt verfügt über zwei kleine und einen etwas größeren Strand im Norden.

Mit der Stadt Ierapetra, rund 27.000 Einwohner, geht es in die südlichste Stadt Europas. Hier ist afrikanisches Klima vorherrschend.

Um den Fischerhafen herum gruppiert sich die schöne Altstadt mit kleinen Kirchen. Gleich daneben liegt die Anlegestelle für Ausflugsboote. Die Uferpromenade ist mit guter Gastronomie ausgestattet.

Im Zentrum der Stadt ist ein großer Sand-Kieselstrand vorhanden. Hier kann man sich einen Liegestuhl samt Sonnenschirm ausleihen und einen gemütlichen Strandtag verbringen.

Eine der fruchtbarsten und wasserreichsten Gegenden auf Kreta ist die Lassithi-Hochebene. Sie ist etwa 10 Kilometer lang und gut 7 Kilometer breit.

Über zwei Passstraßen lässt sich die in 830 Metern Höhe gelegene Hochebene erreichen. Da zuerst bis zu 1.100 Höhenmeter überwunden werden müssen, lohnt sich eine Pause auf dem Bergsattel. Denn von hier aus genießt man einen wunderbaren Blick auf die Ebene, an deren Rand die meisten Dörfer gebaut sind.

Etwa 5.000 Menschen leben hier.

Einst war ein Meer aus Windrädern das Wahrzeichen der Lassithi-Hochebene. Mit ihnen wurde das Grundwasser an die Oberfläche geholt.

10.000 dieser kleinen Windmühlen sollen es einmal an der Zahl gewesen sein. Heute sind nur noch wenige Windräder vollständig erhalten und gleichzeitig in Betrieb - das Grundwasser wird heute meist mit elektrischen Pumpen gefördert.

Auf der Hochebene befindet sich die Geburtshöhle des Zeus, die so genannte Diktäische Höhle. Sie ist in 1.200 Metern Höhe über dem Ort Psychro verortet.

Nach einem griechischen Mythos soll hier der höchste aller Götter, Zeus, von Rhea geboren worden sein.

Für die Eintrittsgebühr ist von Zeus allerdings nichts zu sehen. Die Höhle ist beleuchtet und man kann einige Stalaktiten besichtigen.

Der Parkplatz, von dem aus die Höhle in etwa 15 Minuten zu Fuß erreichbar ist, ist ebenfalls gebührenpflichtig. Man kann die Strecke spaßeshalber auch mit einem Maultier zurücklegen.

Die Idäische Höhle übrigens, wo Zeus der Legende nach aufgezogen worden sein soll, befindet sich ein ganzes Stück weiter westlich, im Psiloritisgebirge. Sie ist allerdings viel kleiner.

*

Immer, wenn ich Kreta besuche, führt mich der Weg nach Preveli im Südwesten. Mindestens ein Mal muss es sein, oft sogar mehrmals.

Bei Rethymno führt eine recht gut ausgebaute Straße Richtung Armeni und schließlich nach Preveli.

Mit fast 20 Kilometern Luftlinie eine ziemlich schmale Stelle der Insel, um vom Norden in den Süden Kretas zu kommen.

Auf meinem festen Programm steht dabei die Bäckerei „Artonostimies Papadogianni", erkennbar an einem übergroßen, lachenden Brotlaib mit Backschaufel in der Hand, der einen unübersehbar am Straßenrand begrüßt. So eine Art „Bernd das Brot" auf Griechisch. Den Laden würde man sonst glatt übersehen.

Hier gibt es allerlei süße Teilchen und Torten - ihr Anblick allein reicht aus, dass es einem in den Zähnen anfängt zu ziehen. Für mich ist es trotzdem ein „must-have", auf dem Hin- oder Rückweg dort Kleingebäck zu besorgen.

In prall gefüllten Auslagen wartet es auf seine Käufer: Trockene Kekse wie Koulourakia oder Melomakrona, ein leckeres Mandelgebäck.

Vor allem aber klebrig-süße Sachen wie Baklava oder Bougatsa, letzteres aus Blätterteig und mit Grießbrei gefüllt. Und alles regelrecht getränkt in Sirup, der mit der Zeit aus allen Ecken der Transportbox aus Pappe läuft.

Überhaupt gibt es in der Gegend recht viele Bäckereien und Konditoreien, die man einmal in Augenschein nehmen sollte.

Dass die Sachen oft extrem süß sind, hat übrigens einen handfesten Grund: Mit Zucker wurde das Gebäck früher für die Hitze haltbar gemacht. Man hatte noch keine Kühlschränke.

Es kommt eine Abzweigung, die durch die imposante Kourtaliotiko-Schlucht führt.

Wenn man Glück hat, steht auf dem Parkplatz in der Schlucht eine Kantina auf Rädern, ein Imbisswagen, wo es für einen Spottpreis leckeren Frappé zu trinken und eine Gyros-Pita zu essen gibt.

Preveli bezeichnet zum einen das wirklich sehenswerte Kloster, welches über dem Meer thront, zum anderen einen unweit gelegenen, wunderschönen Kieselstrand. Der gehört zwar zum Besitz des Klosters, wird aber nicht bewirtschaftet; das Ordenshaus ist namensgebend.

Der abgelegene Strand liegt am Ende der gleichnamigen Schlucht.

Der Ausblick von oben ist atemberaubend (wegen dem Meerespanorama) und gleichzeitig höchst pittoresk (wegen der von Felsen eingefassten Landschaft, die nach hinten schmaler und grüner wird).

Der aus der Schlucht kommende Bergbach Megalopotamos bildet einen lagunenhaften, kleinen See, bevor er ins Meer mündet. Dahinter liegt ein Wald von Kretischen Dattelpalmen.

Wie gemalt liegt dem Besucher eine der schönsten Landschaften Kretas zu Füßen.

Es gibt drei Zugänge zum kleinen, rund 210 Meter langen Strand. Der von Westen ist zwar nicht der einfachste von den dreien, aber er ist zumindest über den dort befindlichen Parkplatz leicht erreichbar und einigermaßen gut gesichert.

Passendes Schuhwerk, Schwindelfreiheit und vor allem gute Kondition sollte man mitbringen: Der Weg ist kurz, steil und unglaublich anstrengend, vor allem in der Tageshitze. Auf dem teils engen Pfad herrscht häufig reger Fußgängerverkehr.

Hat man es geschafft mit dem Abstieg, wird der Strand aus der Peripherie heraus weniger steinig und die Kiesel kleiner.

Er ist während der Saison zeitweise völlig überfüllt. Das liegt an den Ausflugsbooten, die auf Rundfahrten ihre Gäste für ein oder zwei Stunden hier absetzen. Sind sie wieder weg, kehrt wieder mehr Ruhe ein.

An der Westseite gibt es eine große Taverne, und an den Rändern spenden Tamarisken und Palmen Schatten.

Bei meinem letzten Besuch habe ich mein Lager in der Nähe der Kapelle Agios Savvas bezogen, die aus dem 14. Jahrhundert stammt, aber schon lange nicht mehr benutzt wird.

Im Schatten sind noch die meisten Plätze frei. Da sehe ich in der Nähe etwas würfelförmig Verpacktes. Ich frage mich, was es ist.

Dann beobachte ich, wie eine junge Frau - mit farbigen Bändern in den Haaren, Ringen an Füßen und Fingern, buntem Bikini und einem Batiktuch um die Hüften - kommt.

Sie entpackt den Würfel. Es handelt sich um ein Liegetuch, ein größeres Tuch und etwas Modeschmuck, fest gemacht auf drei Brettern.

Es entsteht ein improvisierter Verkaufsstand - Steine halten die Bretter mit dem Schmuck aufrecht und das große Tuch dient als Schattenspender. Es ist zwischen zwei Büschen aufgehängt.

Sie legt sich auf das kleinere Tuch und sonnt sich. Ab und an kommen Interessenten. Ein oder zwei kaufen eine Kleinigkeit.

Sie geht kurz schwimmen, lässt alles unbeaufsichtigt, dann das Ganze noch einmal. Wieder kaufen ein oder zwei Leute etwas.

Nach etwa einer Stunde verpackt sie Tücher und Schmuck wieder sorgfältig zu einem Würfel und beschwert den Packen mit Steinen.

Sie verlässt den Strand über den Westzugang.

Tatsächlich leben in der Nähe noch einige Aussteiger. Ein Überbleibsel aus den 1970er und 1980er-Jahren, als sie hier am Strand ihre Hütten hatten.

Das Kampieren ist mittlerweile nicht mehr erlaubt, wird aber geduldet. Wahrscheinlich war sie eine jener Lebenskünstler.

Ich finde die Szenerie auf alle Fälle beeindruckend - an einem der schönsten Plätze Kretas völlig unbehelligt sein Geld für den einen Tag verdienen.

Leben und leben lassen, keiner stört sich an irgendwas.

Das Gottvertrauen, das die verpackten Sachen am nächsten Tag noch da sind. Und das Beste: Sie sind mit Sicherheit noch am selben Platz.

*

„Les moutons!", brüllte der ältere Mann voller Inbrunst durch den Bus.

„Regarde donc! Moutons!!!"

Schau her! Hammel, Böcke oder Schafe.

Wie ein kleines Kind freute er sich jedes Mal, wenn er vermeintlich eines oder einen davon erahnte.

Genauer gesagt handelte es sich um das von der Reiseleitung angesprochene Kri-kri. Das sind kretische Wildziegen die im Westen der Insel, in den Weißen Bergen und in der Samaria-Schlucht, vorkommen.

Mein Bruder hielt sich die Ohren zu. Zum 100sten Mal „les moutons" in sein Ohr gebrüllt. Er konnte und wollte es nicht mehr hören.

Bei der kleinen Gruppe die sich hinter ihm vergnügte - drei Damen und drei Herren, vermutlich Ehepaare -, handelte es sich offensichtlich um Touristen aus der französischen Schweiz.

Ihre Sprache hatte eine eigentümliche Einfärbung, wie man es vom Schwyzerdütsch her kennt.

So gesehen tönte „les moutons" recht unterhaltsam.

Apropos Mundart ... auf Kreta wird bis in die jüngsten Generationen Dialekt gesprochen.

Im Griechischen, anders als im Deutschen oder Englischen, ist ein Dialekt die absolute Ausnahme. Griechen vom Festland verzweifeln mitunter am Kretischen, weil es selbst für sie kaum verständlich ist. Von einem Bergdorf zum anderen gibt es teilweise auch noch unterschiedliche Aussprachen davon.

Natürlich sprechen die meisten Kreter (bis auf einige Alte in den Bergdörfern) das Standardgriechisch (Neugriechisch) und ein paar Brocken Englisch. Oft sogar Deutsch - einerseits weil viele Kreter eine Zeitlang in Deutschland gelebt haben, zum anderen wegen der unrühmlichen, deutschen Besatzungszeit im Zweiten Weltkrieg.

Nun, nach jeder Pause, jeder Sehenswürdigkeit auf dieser „West-Tour", setzte sich der Anführer der Schweizer wieder genau hinter meinen Bruder. Der rochierte zwar jedes Mal bei seiner Platzwahl - doch vergebens.

Auf alle Fälle hielt es den Herrn während der gesamten Fahrt nicht auf seinem Platz. Die Gruppe hatte an diesem Tag ihren Spaß und wurde von ihm bestens unterhalten: Reden ohne Punkt und Komma.

Übrigens: So sehr wie uns auch bemühten - wir konnten so gut wie kein „mouton" erspähen.

Die Bustour unternahmen wir eigentlich nur aus Verlegenheit heraus, um die Landschaft genießen zu können und uns berieseln zu lassen.

Ich bin kein Freund von solchen Fahrten, wir hätten es aber in der knappen Zeit nie in den Westen geschafft. Kreta ist riesig und wir sind schon etliche Tage mit dem Mietwagen zentral und im Osten unterwegs gewesen.

Mit März war es auch noch früh im Jahr, deswegen waren kaum Leute im Bus.

Nun, der ältere Herr aus dem Bus war mit seiner Gruppe in einem Nachbarhotel, auf der anderen Straßenseite, untergebracht.

Die Leute liefen uns einige Male über den Weg. Für uns war der Herdenanführer, immer vorneweg, fortan nur noch „le mouton".

Ein Leithammel eben.

SAMOS

Natasa - wie es ihr wohl geht? Wie ist ihr Leben? Ist sie glücklich?

Kennengelernt hatten wir uns auf Samos.

Schon am ersten Abend verschlug es mich in ihre Taverne, die fast in der Nähe des Ortskerns von Kokkari lag, direkt an der Hauptstraße.

Das Lokal war nicht überlaufen, und da war diese ausnehmend hübsche, junge Griechin die mich sah, anlächelte, aufsprang und spontan zu einem Ouzo-Longdrink auf das Haus einlud.

Sie stellte sich als Natasa vor, servierte den Drink und setzte sich dann sofort zu mir.

Der Abend wurde lang, und der Kreis um den Tisch, an dem ich saß, immer größer.

Ich wurde viel über Deutschland und mein Leben gefragt und es wurde mir die halbe Verwandtschaft vorgestellt: Ich erinnere mich an Natasas Schwester Maria, damals 19 Jahre alt, ihren Vater Panagiotis und einen ihrer vielen Onkel,

Giorgios, der, wie sich schnell herausstellte, einen recht theatralischen Hang zum Kommunismus hatte.

Ich entschloss mich, mit zunehmendem Ouzo-Konsum etwas vorsichtiger zu sein und nicht zu jedem Thema etwas zu sagen ... nicht allein hinsichtlich politischer Äußerungen, sondern auch wegen der Tatsache, dass Natasa verheiratet und Mutter eines süßen Jungen von neun Monaten war.

Ihren Mann sollte ich die ersten Tage noch nicht kennen lernen.

Dafür wurde mir bereits am zweiten Tag der Säugling in die Arme gedrückt, wenn Natasa beschäftigt war und Bier zapfte oder Longdrinks und Cocktails zubereitete.

Das Nuckeln an meinem kleinen Finger beruhigte das Kind offenbar sehr. Das hinterließ nicht nur einen bleibenden Eindruck bei Natasa und ihrer griechischen Familie, sondern auch bei ihren Freunden und bei mir ... und zwar einen nachhaltigen: Die Rolle als Babysitter war für mich bis dato ein äußerst unbekanntes Betätigungsfeld.

Nachdem die Preise für die Getränke und die Meze (das sind Kleinigkeiten zu essen) für mich schrittweise individuell angepasst wurden (also günstiger wurden), hieß es am dritten Tag, ich könne mich jederzeit am Kühlschrank und in der Küche schadlos halten - natürlich ohne etwas bezahlen zu müssen ... wohl wissend, dass das Ausschlagen eines solchen Angebotes griechische Menschen zutiefst kränkt.

Also schob ich mein deutsches Denken beiseite und nahm das Angebot in einem überschaubaren Rahmen an.

Beinahe jedes Mal, wenn ich nun hinter die Theke oder in die Küche ging, kam es zu überfallartigen Umarmungen - je nachdem, wer gerade in der Nähe war: Natasa, Maria oder eine von ihren hübschen Freundinnen, die hier in Stoßzeiten für einige Minuten spontan aushalfen.

Ein deutscher Hahn im griechischen, oder genauer gesagt: im samiotischen Korb, gebauchpinselt und sich pudelwohl fühlend.

Es gibt wahrlich Schlimmeres.

*

Samos, eine Insel in der Ostägäis, liegt sehr nahe an der türkischen Küste und ist vor allem bekannt wegen des Samos-Weines, der aus der gelben Muskateller-Traube gekeltert wird.

Verschiedene Weine, die im Ergebnis meist süß sind (es gibt aber auch trockene), werden hier angebaut und haben ihren Namen von der Insel.

Geografisch etwas genauer betrachtet, gehört Samos zu den nordostägäischen Inseln und ist gleichzeitig die südlichste Sporadeninsel.

Bekannt ist Samos als Heimat großer Denker: Epikur, Aristarch und der Mathematiker Pythagoras stammen von hier.

Epikur war ein Philosoph, der vor allem als Vater der hedonistischen Lehre in Erinnerung geblieben ist.

Hedonisten sind jene Leute, die es so richtig knacken lassen und die Lust am Leben stetig und in vielerlei Hinsicht auskosten.

Aristarch wiederum, Astronom und Mathematiker, war einer der ersten Vertreter des heliozentrischen Weltbildes, also der Annahme, dass die Sonne und nicht die Erde Mittelpunkt des Weltalls sei. (Dass die Sonne Mittelpunkt unseres Sonnensystems, nicht aber des Weltalls ist, war zu diesem Zeitpunkt noch nicht bekannt.)

Den Philosophen und Mathematiker Pythagoras dürfte so ziemlich jeder kennen: Er gilt als Entdecker eines Lehrsatzes mit dem sich praktisch jeder Schüler herumschlagen muss - nämlich dass in allen ebenen, rechtwinkligen Dreiecken die Summe der Flächeninhalte der Kathetenquadrate gleich dem Flächeninhalt des Hypotenusenquadrates ist.

Erinnern Sie sich noch? Puh.

In der Mathematik wird ihm auch die Proportionentheorie zugeschrieben. Pythagoras war darüber hinaus auf den Gebieten der Musik, der Gesellschaftswissenschaften und der Religion aktiv.

Samiotische Fischer berichteten übrigens früher davon, dass sie in stürmischen Nächten ein Licht auf der Spitze des höchsten Berges von Samos, dem Kerki, sicher durch die See und an den steilen Küsten vorbei lotsen würde.

Das Leuchten auf dem Kerki, der im Südwesten der Insel liegt, sei der unsterbliche Geist des Pythagoras. So munkelte man zumindest.

Samos ist ein Paradies für Wander- und Landschaftsbegeisterte. Nur selten sind in Griechenland so gut beschilderte und ausgebaute Rad- und Wanderwege zu finden.

Die Insel wirkt wie eine grüne Perle, die von den Göttern in das Meer geworfen wurde: Viele Zypressen, Oliven- und Eukalyptusbäume sowie Pinienwälder überwachsen sie. Tragisch ist, dass in den heißen und trockenen Sommern immer wieder verheerende Busch- und Waldbrände große Bestände vernichten.

Auf der Insel kommt man in einer Taverne, im Mini-Market oder im Taxi grundsätzlich schnell ins Gespräch mit den Einheimischen und wird gerne in geselliger Runde integriert.

Jede erdenkliche, für Besucher wertvolle Information lässt sich auf diese Weise herausfinden - die Freundlichkeit, die Herzlichkeit und die Hilfsbereitschaft der samiotischen Menschen ist überwältigend.

Kokkari ist das wohl schönste Dorf auf Samos mit insel-typischen weißen Häusern, die rote Ziegeldächer tragen. Verträumt liegt es an einer Halbinsel und bietet seinen Besuchern auf der einen Seite eine malerische Bucht, in der anderen Richtung schöne Strände und auf beiden Seiten jede Menge Tavernen und Läden.

Für den Ort gilt wie für die gesamte Insel: Samos ist touristisch sehr gut erschlossen, aber keineswegs überlaufen. Überhaupt findet man keine riesigen Hotels. Selten gibt es Gebäude, die höher als zwei bis drei Stockwerke sind.

Nur wenige Kilometer westlich von Kokkari liegen die herrlichen Sandstrände von Lemonakia, Tsamadou und Avlakia mit teils wunderbaren, grün umsäumten Buchten.

Von Kokkari aus sind die Bergdörfer Vourliotes, Manolates und Ampelos gut erreichbar. Sie alle sind malerisch und wie Balkone an die Berge gebaut, mit einem atemberaubenden Blick aufs Meer.

Samos-Stadt (Vathi) bietet Touristen neben Tavernen und Diskotheken unter anderem ein archäologisches und ein byzantinisches Museum sowie eine lange Uferpromenade, die zum Spazieren einlädt.

Die Hauptstadt der Insel ist beliebter Ausgangspunkt für Abstecher zu den Klöstern auf der Vlamari-Hochebene. Vom Busbahnhof fahren Busse in alle wichtigen Ortschaften der Insel und an die beliebtesten Strände.

Karlovassi im grünen Norden der Insel hat einen großen und schönen Strand, den Potami Beach, und kann als Startpunkt für Wanderungen zu schönen Dörfern und Klöstern in der Umgebung genutzt werden.

Die naheliegendste unter ihnen ist der Weg zu den Potami-Wasserfällen, nur rund drei Kilometer vom gleichnamigen Strand entfernt. Besonders schön ist die Tour vom rund 13 Kilometer entfernten Bergdorf Kosmadäi zum Kloster Kimisis Theotoku, an der Kakoperatoschlucht vorbei zu einer Höhle.

Bootsfahrten zu den kleineren Inseln der Ostägäis wie Patmos, Ikaria oder Fourni legen im Hafen von Karlovassi ab.

Fourni, das nur wenige Seemeilen von Samos entfernt liegt, bietet sich für einen Tagesausflug an. Es handelt sich um eine Ansammlung mehrerer kleiner Inseln, teils bewohnt, auf denen es keine Autos gibt.

Es ist eine Zeitreise in ein sehr ursprüngliches Griechenland, begleitet von wundervollen Badebuchten mit glasklarem Wasser.

Das südliche Pythagorion mit seinem malerischen Hafen und an einer schönen Bucht gelegen, gilt als Heimat des Pythagoras.

Wenn auf Samos ein Ort überlaufen ist, dann dieser. Er liegt unweit des Flughafens. Sehenswert sind einige antike Überbleibsel wie ein klassisches Theater und das archäologische Museum.

Mit dem „Tunnel des Eupalinos", einer archaischen Wasserleitung, besitzt der Ort eine interessante Tourismusattraktion. Das Bauwerk wurde unter Leitung des Polykrates von beiden Seiten gleichzeitig durch einen Berg getrieben, versorgte die antike Stadt mit Wasser und ist heute begehbar.

In der Nähe des Tunnels befinden sich die Reste eines antiken Tempels, dem Heraion, der Göttin Hera geweiht. Von der Anlage ist nur noch eine imposante Säule erhalten.

Der Süden der Insel beeindruckt, wie ganz Samos, durch jede Menge idyllischer Strände.

Besonders schön sind der Votsalakia Beach und jener Strand in der Bucht von Marathokampos, der sich weit am Meer entlang zieht.

*

Natasas Mann lernte ich auf einer Party in Samos-Stadt kennen, in einem Club unter freiem Himmel.

Ein freundlicher, gutaussehender Mann, der - zumindest an diesem Abend - nur mit seinen Freunden redete und ausschließlich Augen für andere Frauen hatte.

Natasa meinte, seit das Baby da sei, müsse sie sich um alles alleine kümmern - das Geschäft, das Kind, um den Rest der Familie. Er sei nur mit seinen Freunden unterwegs.

Ich wollte mich nicht zu sehr in das Thema hängen. Mir war aber nun klar, warum Natasa mittlerweile fast ihre gesamte Freizeit mit mir verbrachte.

Im Vorfeld eines unserer Ausflüge lernte ich das griechische Zeitverständnis kennen, mit dem so viele Deutsche Probleme haben.

Wir waren am Taxistand in der Ortsmitte von Kokkari verabredet, um an Natasas Hausstrand zu fahren.

Eine Viertelstunde, eine halbe Stunde, eine Stunde später und keine Natasa zu sehen. Ich konnte einfach nicht glauben, dass sie mich versetzen würde.

Meine Geduld wurde belohnt: Sie trudelte rund siebzig Minuten nach dem vereinbarten Zeitpunkt ein. Sie hätte nur ein wenig verschlafen und meinte, dass sie ja trotz allem recht pünktlich sei.

Ich musste lachen und wir fielen uns in die Arme.

Allerdings verstand sie nicht so ganz, worüber ich so belustigt war…

Der Weg führte uns schließlich mit einem Taxi zum Tsamadou-Strand, einem feinen Sandstrand, der in einer traumhaften, felsigen Bucht liegt.

Ein Bekannter von ihr war der Besitzer einer der Tavernen, von denen aus man aufs Meer hinunter schauen konnte.

Wir waren gern gesehene Gäste.

Ein unvergesslicher Nachmittag mit viel Sonne, gutem Essen und Trinken - und einem atemberaubenden Blick auf glasklares Wasser.

Und mit einer badenden Natasa, die mir vom Meer aus nach oben winkte - zu der Taverne, die vielleicht 30 Meter über dem Wasser lag.

*

Am letzten Abend saß Natasa mir gegenüber und malte mit dem Zeigefinger Strichmännchen in den Staub auf der Tischplatte.

Ich fragte, was los sei.

„Du fliegst morgen?", antwortete sie in gebrochenem Englisch.

„Ja, leider", meinte ich.

„Stay", sagte sie, bleib. „Ich will, dass du hier bleibst."

„But the flight is already booked", meinte ich, der Flug ist bereits gebucht.

„Was willst du in Deutschland? Du kannst Englisch, bist gebildet, du bekommst hier einen Job. Du gehörst zur Familie. Und wenn du deine Eltern vermisst, die sind bereits Rentner, dann sollen sie auch herkommen. Vor was hast du Angst?"

Mir zog es den Boden unter dem Stuhl weg.

Ich war zu keiner Antwort fähig.

Vor was hatte ich Angst?

Vor dem Verlust vermeintlicher Sicherheit? Vor der eigenen Courage? Der Fremde? Angst, nicht durchzukommen?

Oder war ich nur zu überrascht von der Idee?

Die Griechen denken da weniger kompliziert, vor allem, wenn sie einen mögen.

Sie meinte, ich könne es mir ja in Deutschland überlegen, ob ich dort besser aufgehoben sei, und gab mir ihre Mobilnummer.

„Du musst unbedingt anrufen, wenn du zu Hause angekommen bist."

Ich versprach es und rief ihr nach meiner Ankunft in Deutschland tatsächlich an.

Sie sagte sie vermisse mich. Alle würden mich vermissen.

„Versprichst du dass du wiederkommst?"

„Nai", ja.

Wir hatten einige Monate lang noch kurze Gespräche.

Dann war das Telefon plötzlich tot. Auch die Nummer der Taverne war offensichtlich nicht mehr vergeben.

Als ich zwei Jahre später wieder nach Samos kam suchte ich als erstes den Platz auf, wo ihr Lokal gewesen war.

Es war verschwunden.

Stattdessen war an der Stelle eine Apotheke untergebracht.

Ich fragte mich durch, wo die Vorbesitzer geblieben seien - bei der Apotheke, den Taxifahrern, im Souvenirshop.

Die eine oder andere Person erinnerte sich noch an die Taverne, aber niemand konnte sagen, wo Natasa und ihre Familie abgeblieben waren.

Das Lokal sei von einem auf den anderen Tag geschlossen worden.

Ich habe Natasa nie mehr gesehen oder etwas von ihr gehört.

Und trotzdem glaube ich tief im Innern zu wissen, wie sie das „Stay", bleib, zu dem Zeitpunkt, als sie es aussprach, wirklich gemeint hatte.

LESBOS

Wäre Gott dabei gewesen, er hätte sich fühlen müssen wie in Griechenland - und nicht wie in Frankreich.

Ein abgedroschener Spruch, sicherlich. Doch er trifft ganz genau auf das zu, was uns aufgetischt wurde.

Das Gelage in der Spätsommernacht dauerte von etwa 22 Uhr bis zwei Uhr morgens.

Es gab Gigantes, die griechischen Riesenbohnen, und Fasolakia, grüne Bohnen, beides in Tomatensoße. Taramosalata, die berühmte Creme aus gesalzenem Fischrogen, und Melitzanosalata, ein Art Auberginensalat.

In Knoblauch und Öl gebratene Peperoni. Frittierte Zucchini und gebackene Auberginen. Kleine, gegrillte Tintenfischchen.

Genug vom obligatorischen Bauernsalat, mit viel Zwiebeln und Olivenöl.

Und das unvermeidliche Tsatsiki.

Der Wirt fuhr immer mehr Gerichte auf: Artischocken in Zitronensoße, Rote Beete mit Fetakäse und gefüllte Paprika.

Uns stand der Schweiß auf der Stirn ... es hatte noch mindestens 26 Grad um die Uhrzeit - und dann das leckere Essen, unter dessen Last sich die Tafel förmlich bog.

Die Küche bot immer mehr: Prassoriso, eine Art Risotto mit Lauch, und mit Schafkäse gefüllter Blätterteig, Tiropita.

Marides, kleine Fischchen, Huhn in Zitronensoße und eine kleine Menge Stifado, das ist Rindergeschmortes im Lehmtopf.

Ich meine auch, einen Souvlaki-Spieß auf dem Tisch gesehen zu haben, den hatte ich allerdings verpasst.

Von allem und für jeden genug. Die Teller gingen reihum. Jeder nahm sich, was er mochte. Von allem eine Kleinigkeit, oft nur eine Gabel voll.

Dazu reichlich Wasser, roten Wein und natürlich Ouzo.

Mein Freund, mit dem ich auf der Insel unterwegs war, verzog bei einem Gericht das Gesicht, noch bevor er wusste, was es war: Magiritsa, eine Suppe mit Innereien.

Wegen der Qual der Wahl probierte ich nur einen oder zwei Löffel davon - ich fand das säuerliche Gericht eigentlich ganz gut.

Er schnupperte an der Suppe und fragte, was das sei, es würde so komisches Zeugs darin schwimmen ... die Antwort einer Freundin von uns, Despina, ließ seinen Appetit versiegen.

Wir alle waren eingeladen von Nikos, einem Weinhändler. Mein Freund wollte sich zum Schluss, nebenbei bemerkt, an dem üppigen Mahl beteiligen - es musste Unsummen gekostet haben.

Despina und ich hielten ihn zurück: Es ist eine tiefe Verletzung für einen Griechen, wenn man eine Einladung auf diese Weise missbilligt.

Despina wurde sogar richtig böse: „Bist du verrückt? Lass dein Geld stecken, sonst kann ich mich hier nicht mehr sehen lassen! Wenn dich ein Grieche zum Essen einlädt ist das eine Ehre. Du musst es akzeptieren und annehmen. Selbst wenn er kein Geld hat und anschreiben lässt! Nikos bezahlt heute für alle, auf welche Weise auch immer. Und irgendwann wird die Zeit kommen, wo wir uns revanchieren!"

Uff … gerade noch die Kurve gekriegt. Das hätte ungut enden können.

Wie kam es nun dazu, dass sich etwa 15 Personen in einer kleinen Taverne, ganz versteckt gelegen in Mitilini, der Hauptstadt von Lesbos, gemeinsam gegessen haben?

*

Despina kam auf die Idee, eine griechische Konsumgütermesse zu besuchen.

Gesagt, getan.

Mein Freund fuhr in einem Auto mit, an Bord eine Freundin von Despina und ein Pärchen mit einem kleinen Hund.

Ich fuhr auf Despinas Motorrad mit, als Sozius. Sie lieh mir ihren Helm - sie meinte, sie bräuchte ja keinen.

Nicht schlecht so ein Helm, vor allem bei einer so rasanten Fahrt durch die verwinkelten Gassen Mitilinis. Ich betete innerlich, heil anzukommen.

Die Messe war ganz in der Nähe des Hafens. Ich war offenbar ziemlich bleich bei unserer Ankunft.

„Alles in Ordnung?" fragte Despina.

„Jaja, ich kann nicht klagen …", erwiderte ich.

„Nun, in Griechenland wird eben zügig gefahren!"

Irgendwo hatte ich das doch schon einmal gehört?

„Wo ist die Messe?"

Ich schaute mich um.

„Das *ist* die Messe." Despina deutete auf ein paar Party-zelte.

Mein Freund, der gerade angekommen war, und ich schauten uns entgeistert an.

Na dann mal los.

Landwirtschaftliche Werkzeuge, Modeschmuck, Oliven und Käse.

Es ging keine zehn Minuten, dann waren wir durch.

Ein großes Zelt war da noch in der Mitte, und dort befand sich der Stand von Nikos. Ganz klar der größte. Wein von Lesbos wurde hier präsentiert und verkauft.

Nikos lud uns sechs zu einer Weinprobe ein. Einige andere Leute waren auch da, offenbar Bekannte von Despina. Eine sehr gelöste, lockere Stimmung.

Ich wusste gar nicht, dass es so viele Sorten von lesbi-schem Wein gab. Eine Probe nur mit Halbliterbechern. Und die wurden nahezu randvoll gefüllt.

Schon beim zweiten Wein bat ich um weniger, nach dem dritten Becher wollte ich aussteigen. Ich gebe es zu - ich war froh, dass ein recht großer Pflanzenkübel mit einer Palme darin neben mir stand.

Für so viel Wein sollte man schon geeicht sein. Ich ent-schied mich fürs Wegkippen des vollen Glases im unbeob-achteten Moment. Ob es der Pflanze geschadet oder auf ir-gendeine Weise vielleicht sogar geholfen hat?

Wer weiß.

Irgendwann war das Ganze beendet. Klappe zu, Stand ge-schlossen.

Nikos lud alle ein, Essen zu gehen. In besagte Taverne, in einer der Seitengassen von Mitilini. Dort, wo meiner Ein-schätzung nach kaum ein Tourist hinkommt.

Despina fragte mich, ob ich mit ihr dorthin fahren wolle, es sei nicht weit.

Ich lehnte dankend ab und fuhr im Auto mit. Etwas beengt, zugegeben, aber das Hündchen des Paares leckte mich freudig im Gesicht ab.

Ich hatte einen neuen Freund.

*

Lesbos (auch: Lesvos, Mytilene) wird den Ostägäischen Inseln zugeordnet.

Zu dieser Gruppe, die Nördliche Ägäis für folgende Aufzählung einmal mitgerechnet, gehören eine Reihe weiterer schöner Inseln, darunter Perlen wie Thassos, Samothraki, Limnos, Chios, Samos, Ikaria und Fourni. Wie kleine irdische Paradiese liegen sie alle nacheinander aufgereiht im Meer.

Sie tun sich durch eine von Insel zu Insel unterschiedliche und gleichzeitig beeindruckende, landschaftliche und kulturelle Vielfalt hervor.

Lesbos ist gebirgig und in weiten Teilen von Olivenbäumen, Kiefern und Pinien überwachsen.

Es ist die Heimat der bedeutendsten Dichterin der antiken Welt, Sappho. Sie wirkte im 7. und 6. Jahrhundert vor Christus. Nur wenig ist von ihrem Werk erhalten - etliche Papyrusfragmente konnten jedoch eindeutig ihr zugeordnet werden.

Neben Götterhymnen und Hochzeitsliedern schrieb die „zehnte Muse des Platon" offenbar Texte über die Schönheit der Frauen und Mädchen auf Lesbos, was den Begriff der lesbischen Liebe begründete.

Viele darüber hinaus gehende Geschichten und Behauptungen sind Legenden und gehören in den Bereich von Spekulationen, welche die Wissenschaft bislang noch nicht verifizieren konnte.

Lesbos ist landschaftlich sehr abwechslungsreich und dank der Tatsache, dass die Insel insgesamt nicht übermäßig stark von Touristen besucht wird, ein Wander- und Erholungsparadies. (Wegen des Flüchtlingslagers in Moria und den damit verbundenen internationalen Schlagzeilen sind die Besucherzahlen seit 2016/17 übrigens massiv eingebrochen, dann kam 2020 noch die Corona-Pandemie hinzu.)

Es finden sich ausgedehnte, hügelige Landschaften, im Osten fruchtbares Land, das nach Westen hin immer karger und steiniger wird.

Es ist die drittgrößte Insel Griechenlands.

Wegen ihrer Nähe zu Kleinasien, der heutigen Türkei, war sie seit jeher Schnittstelle zwischen Morgen- und Abendland. Hethiter, Äoler und Griechen, Perser und Römer, Byzantiner und Osmanen nutzten sie gelegentlich als Handelsumschlagplatz, meistens aber für militärisch-strategische Zwecke und hinterließen die unterschiedlichsten Spuren.

Das geografische Erscheinungsbild der Insel ist geprägt durch den Golf von Kalloni, der sich im Süden praktisch mittig über 20 Kilometer ins Landesinnere schneidet.

Lesbos ist überzogen von vielen kleinen Dörfern, Klöstern und Resten von Festungen und Burgen aus byzantinischer Zeit. Bei Moria steht ein sehenswerter, sehr gut erhaltener Äquadukt aus römischer Zeit in der Landschaft.

Molivos im Norden der Insel ist ein bunter, amphitheatralisch angelegter Traum - wie geschaffen für Künstler, um sich inspirieren und niederzulassen.

Der gesamte, wunderschöne Ort steht unter Denkmalschutz und bietet einen malerisch schönen Hafen, lauschige Tavernen in verwinkelten Seitengässchen und eine alte, genuesische Burg mit grandiosem Blick aufs Meer - kurz gesagt: ein zauberhaftes Stück Griechenland.

Nicht weit davon liegt Petra (zu Deutsch: der Felsen). Wie Molivos ist es einer der touristisch stärker frequentierten Orte der Insel.

Hauptsehenswürdigkeit ist das Marienkloster, das auf einer imposanten Felsnadel mitten im Ort gebaut wurde. Hundert Stufen führen zur Kirche hoch, von wo man einen großartigen Ausblick auf das Meer und die umliegende Landschaft hat.

Die Hauptstadt Mitilini exponiert sich mit einem riesigen Kastell aus byzantinischer Zeit, Resten eines großen antiken Theaters und einigen interessanten Museen, wie dem archäologischen Museum und dem Volkskundemuseum.

In der Stadt mit rund 36.000 Einwohnern herrscht geschäftiges Treiben. Während es in den vielen verwinkelten Gassen der Stadt einige sehenswerte orthodoxe Kirchen gibt, wird das Bild am Hafen von vielen Tavernen und Kafenions geprägt, in denen fast alle Besucher Tavli (Backgammon) spielen.

Im Süden liegt das schöne Städtchen Plomari, in dessen Umgebung es einige gute, mitunter versteckte Strände gibt.

Weltweit bekannt ist der Ort für seine Destillerien, die den milden „Ouzo Plomari" herstellen.

Ungefähr die Hälfte der gesamten griechischen Ouzoproduktion entfällt auf Lesbos, was für die Insulaner eine enorme Einnahmequelle darstellt. Ähnlichen Stellenwert hat die Erzeugung von Olivenöl - keine Überraschung bei der Vorstellung, dass es auf der Insel rund 11 Millionen Olivenbäume gibt.

Etwas nördlich von Plomari, am „lesbischen Hausberg", dem Olympos, liegt das zauberhafte, amphitheatralisch angelegte Bergdorf Agiassos.

Es ist bekannt für seine Wallfahrtskirche und die authentischen Handwerkskünste, die hier noch praktiziert werden, unter anderem bei der Herstellung von Töpferwaren.

Orpheus konnte die Felsen zum Weinen bringen. So sang Reinhard Mey einst in seinem Lied „Ich wollte wie Orpheus singen". Der Protagonist in dem Chanson konnte Felsen zwar nicht zum Weinen bringen, fand aber die Liebe.

Es gibt die Legende, dass der Kopf des Orpheus nahe Antissa, einem kleinen Ort im Westen der Insel, bestattet ist.

Seine Lyra hat er den Bewohnern von Lesbos hinterlassen. Von hier aus wurde die „lyrische Dichtung" in die ganze Welt getragen.

Eine schöne Geschichte, wie ich finde.

Eressos im Südwesten gilt als Geburtsort der Sappho.

Hinunter zum Meer, bei der Skala Eressou, gibt es einen sehr schönen, langen Sandstrand. Bei dem Landstrich handelt sich um den weltweit wohl beliebtesten Ferienort für homosexuelle Frauen.

Das jährliche Lesben-Festival, das hier stattfindet, war der Bevölkerung und der Verwaltung lange ein Dorn im Auge. Mittlerweile findet es mehr Akzeptanz.

Das Gebiet ist darüber hinaus berühmt wegen des in Richtung Sigri liegenden "Petrified Forest". Es handelt sich um Versteinerungen von Baumstämmen, die etwa eine halbe Million Jahre alt sind.

Der Laie erkennt nicht viel: Die Stämme (oder besser: Teile davon) stehen oder liegen sehr vereinzelt; die meisten befinden sich unter der Oberfläche oder unter Wasser. Manche sprechen deshalb vom „erfundenen Wald".

Für Geologen allerdings dürfte das Gebiet sehr interessant sein.

Eine einsame, karge Gegend ist es, an deren westlichem Ende, wie in einer Mondlandschaft, Sigri liegt.

In diesem kleinen und außerhalb der Saison mehr als ruhigen Hafenort (mit einer Festung aus dem 18. Jahrhundert) hören Lesbos und - so wirkt es - die ganze Welt auf.

Die Zeit steht still. Nichts, was auf dem Globus passiert, scheint von Bedeutung zu sein.

Ein paar kleine Boote schaukeln im Hafen und ein endlos wirkender Blick auf die Ägäis, Richtung Sporaden, öffnet sich.

*

Despina schleifte uns an einem anderen Abend noch ins „El Capitan".

Das klingt verdammt spanisch, ist aber eine griechische Kneipe gewesen. In der Bar feierten die jungen Erwachsenen von Mitilini, nach Abzug der Tagestouristen, bis früh in die Morgenstunden.

Der Witz an der Lokalität waren die vielen Bilder, die der Wirt mit Blei- und Farbstiften zwischendurch von seinen Gästen zeichnete. Die Hafentaverne war über und über zugepflastert mit den kleinen Portraits und Karikaturen.

An jeder Wand, über dem Tresen und an der Decke hingen sie. Sie erzählten Geschichten von Menschen aus allen Herren Länder, von noch Lebenden und mittlerweile Toten, denen hier ein Denkmal gesetzt war.

Bilder aus vielen Jahrzehnten - bunt, schwarzweiß oder bereits vergilbt. Lachend und voller Freude, nachdenklich und manchmal auch weinend.

Der Chef des „El Capitan" sah tatsächlich aus wie Dante Maggio in seiner Rolle als Bill Bones im TV-Vierteiler „Die Schatzinsel".

Und er war wirklich einmal Kapitän gewesen. Bärbeißig, wortkarg und geradeaus - wie man sich einen Piraten oder einen griechischen Fischer klischeehaft vorstellt.

Wer im Schlepptau von einem seiner Freunde war, dem standen alle Möglichkeiten, wie dem Gang hinter die Theke und Selbstbedienung, offen. Erst recht einen Stein bei ihm im

Brett hatte, wer ihm erlaubte ein Bild von sich zu malen und aufzuhängen.

Despina war hier offenbar bekannt wie ein bunter Hund.

Großes Hallo überall. Wen hast du denn da mitgebracht, Umarmungen und Begrüßungsküsschen hier und dort, noch einen Longdrink auf die Gesundheit.

Am Tresen saß eine elegante, junge Frau: Nettes, dunkles Kostüm, langes schwarzes Haar und etwas distanziert wirkend.

Despina flüsterte mir einen Satz ins Ohr, den ich merken und der Frau am Tresen sagen sollte.

Zuerst wollte ich nicht. Es sei aber sehr wichtig und die Frau wäre eine Freundin von ihr, meinte Despina.

Warum geht sie dann nicht selbst?

Egal, ich torkelte zum Tresen rüber und trug meinen Satz besten Gewissens vor: „Echis ena putso poli megalo!" - und klatsch, schon hatte ich eine schöne, kräftige Ohrfeige im Gesicht.

Brüllendes Gelächter um mich herum und Despina klärte das Ganze zügig auf: Ein Freund aus Deutschland sei das gewesen, den sie angespitzt hätte. Sie wolle nicht, dass ihre Freundin wie ein Trauerkloß an der Theke hing.

Die Frau musste nun lachen, entschuldigte sich bei mir, gesellte sich zu uns und ließ eine Runde Ouzo für die ganze Truppe springen.

Immer zu Scherzen aufgelegt, die Griechen. Oder zumindest die jüngeren Lesbioten.

Ich musste zwar auch lachen, wenn auch etwas gespielt – ich wusste bis dato nicht, dass ich ein sehr, sehr großes Geschlechtsorgan haben sollte.

Der erste Satz, mit dem man eine griechische Göttin anspricht, sollte ganz sicher anders ausfallen.

RHODOS

Was genau würden Sie denken, wenn eine Frau mit angewinkelten Armen wie verrückt durch ihr Zimmer flattert?

Sie würden vielleicht mutmaßen, dass sie einen Vogel nachahmt oder den selbigen hat.

Stimmts?

Ich wollte an diesem Tag eine Tour mit dem Mietwagen machen.

Nach einem verspäteten Frühstück bemerkte ich, dass ich noch etwas auf meinem Zimmer vergessen hatte. Autoschlüssel oder Landkarte, ich weiß es nicht mehr.

Also ging ich zurück. Mir war bekannt, dass die Zimmerfrauen zu der Zeit schon im Hotel unterwegs waren.

Ich öffnete die Türe.

Tatsächlich war hier schon eine der Angestellten an der Arbeit.

Auf Englisch sagte ich, sie solle ruhig weitermachen.

Sie wiederum fragte, was ich heute unternehmen wolle. Möglicherweise einen „Sightseeing-trip"?

„Ja, klar, mit dem Mietwagen."

„Ahhh …"

Sie zählte einige Sehenswürdigkeiten auf, darunter Lindos, Tsambika, Kallithea.

„Ja, ich möchte mir das alles noch anschauen."

Doch für eine der Sehenswürdigkeiten fand sie nicht das englische Wort. Sie redete einiges auf Griechisch, der Länge nach zu urteilen eine ausgedehnte, lebendige Story.

Ich begriff nicht, was sie meinte.

Also winkelte sie die Arme an und flatterte wie eine wild gewordene Hummel durch das Zimmer. Die Ellbogen immer schneller hoch und wieder runter. Ein wenig erschrocken fragte ich mich, was das nun sollte.

„Du musst unbedingt hinfahren und es sehen!"

Ich: „???"

Ansehen, wie Frauen durch die Gegend flattern? Oder meint sie Bienen?

Dann, ich, nach einiger Überlegung: „Ein Vogel?"

„No, no … ochi … Petaloudes …"

Ich rätselte in Gedanken weiter, was sie meinen könnte.

Sie war noch immer flatternd im Zimmer unterwegs. Ich wusste einfach nicht, was Petaloudes heißt.

Über das Tal der Schmetterlinge hatte ich schon gelesen, vielleicht war es das.

Das wollte ich natürlich besuchen, nur wusste ich noch nicht wann. Vielleicht bei der Fahrt ins Blaue heute, vielleicht an einem anderen Tag (eigentlich schon eine recht griechische Einstellung).

Einen weiteren Rateversuch war es auf alle Fälle wert: „Butterflies?"

„Nai", ja. Bingo!

„Pataloudes!", grölte sie.

Wir mussten Tränen lachen. Die Show war so witzig gewesen. Ich versprach ihr, das Tal der Schmetterlinge zu besuchen. Ob an diesem oder einem anderen Tag verschwieg ich lieber.

So liebenswert sind die Inselgriechen. Wenn mal etwas nicht zu vermitteln ist, greift man auf kurzweilige Pantomime, das Spiel mit Gebärden und Tanz, zurück.

Eines habe ich an jenem Tag gelernt - es ist nie von Schaden, ein paar Worte Griechisch zu beherrschen.

Maria (so heißen übrigens ganz viele Griechinnen, man liegt beim Raten zu fast 50 Prozent richtig) machte sich wieder fröhlich an die Arbeit.

So gingen wir beide mit einem Lachen in den Tag.

*

Rhodos gehört zur Inselgruppe des Dodekanes, was "12 Inseln" bedeutet.

In Wirklichkeit sind es jedoch rund 200 Inseln, von denen ungefähr 25 besiedelt sind (je nachdem, ob die kleineren gerade bewohnt sind oder nicht, kommt man auf eine etwas unterschiedliche Zahl).

Rhodos selbst ist die viertgrößte Insel Griechenlands. Das Verwaltungszentrum des Dodekanes ist gleichzeitig dessen größte Insel.

Wegen der vielen Sonnentage ist sie, ebenso wie Kos, eines der klassischen Urlaubsziele in Griechenland.

Die umtriebige Rhodos-Stadt im Norden ist mit ihren Vororten die Bleibe der meisten Touristen.

Kein Wunder, dass in der "Neustadt" während der Saison ein ziemlich buntes und abwechslungsreiches, aber auch heftiges Nachtleben tobt. Zusammengefasst: Massentourismus. Doch wie wir noch sehen werden, bietet die Insel weitaus mehr und es sind auch ruhige Plätzchen zu finden.

Die Neustadt beginnt hinter dem Casino, im Grand Hotel von Rhodos gelegen.

Das Gebäude wurde von den Italienern gebaut, also Anfang des 20. Jahrhunderts. Es steht stellvertretend für einen Stil, Neoklassizismus, nach dem die Italiener die Insel (und den ganzen Dodekanes) umgestalten wollten.

Obwohl sich die Rhodier an die Besatzungszeit nicht gern erinnern, ist dieser Stil recht pittoresk. Die Italiener hielten auch die antiken und mittelalterlichen Gebäude instand. Unter anderem bauten sie den Großmeisterpalast wieder auf, der 1856 wegen einer Explosion des von den Türken dort eingelagerten Schießpulvers zerstört wurde.

Das Wahrzeichen von Rhodos-Stadt ist der malerische Mandraki-Hafen mit den drei Windmühlen.

Vom berühmten antiken Koloss, der hier einmal gestanden hat, ist nichts mehr zu sehen. Die gigantische Bronzestatue, zwischen deren Beine die Schiffe in den Hafen ein- und ausfuhren, galt als eines der sieben antiken Weltwunder.

Ein Erdbeben zerstörte den Koloss. Das Altmetall wurde rund 880 Jahre später von den Sarazenen eingesammelt und verkauft. Als Ersatz stehen heute Hirsch und Hirschkuh auf Säulen beidseits der Hafeneinfahrt.

Rhodos war über die Jahrhunderte stets Mittelpunkt von Schifffahrt, Handel und Kultur, von den Dorern bis zu den Osmanen.

Im 4. bis 2. Jahrhundert vor Christus erreichte die Insel eine Blütezeit mit ihren Schulen für Philosophie, Philologie und Redekunst.

Eine weitere Hochphase hatte Rhodos unter den Johannitern, die im 14. und 15 Jahrhundert die mittelalterliche Stadt bauten.

Die Altstadt von Rhodos-Stadt ist absolut imposant und sehenswert - der mittelalterliche Teil ist zu Recht zum UNESCO Weltkulturerbe erklärt worden. In weiten Teilen blieben die Gebäude und Straßenzüge der Altstadt über die Jahrhunderte unverändert.

Drei historische Viertel verbinden sich hier, umgeben von der 5 Kilometer langen, größtenteils begehbaren Stadtmauer: Einmal das byzantinische mit der Ritterstraße, der Burg und dem Großmeisterpalast aus der Johanniterzeit.

Dann das arabische Viertel mit der Suleiman-Moschee, schließlich noch das jüdische Quartier beim „Platz der Jüdischen Märtyrer".

Diesen Platz erreicht man über die malerische Platia Ippokratos (Platz des Hippokrates), die am Ende der Sokrates-Straße liegt.

Diese markante Geschäftsstraße im Zentrum der Altstadt ist gesäumt von zahllosen Geschäften, Kafenions und Tavernen, in denen das Leben nur so brodelt. In der Hochsaison kann es einem hier schnell zu viel werden, so viele Menschen sind unterwegs.

In der Nähe von Rhodos-Stadt, nahe der Westküste (hier sind die ganz großen Hotels angesiedelt), liegt der Hausberg Filerimos mit Resten antiker Stätten und zwei schönen, orthodoxen Kirchen.

Das berühmte Schmetterlings-Tal, benannt nach dem Gemeindebezirk „Petaloudes", findet sich einige Kilometer weiter südlich und dann landeinwärts.

Es kann gut vorkommen, dass man enttäuscht ist, wenn man dort ist - das Schauspiel mit den Bärenspinnern ist nämlich nur von Ende Juni bis Anfang September zu beobachten. Dann hängen die Insekten zu tausenden an den Rinden und Ästen der Amberbäume.

Doch die Schmetterlinge wollen zur Mittagszeit ihre Ruhe haben. Störungen durch die Touristen sind offenbar verantwortlich für eine mittlerweile drastische Reduktion der Population.

Eine Wanderung durch das grüne, schattige Tal lohnt sich allerdings auch in den anderen Monaten, wenn die Bärenspinner nicht vom süßen Duft des Amberbaumes angelockt werden - oder gerade dann, dem Schutz der Schmetterlinge zuliebe.

Das Tal gilt in dieser Form auf alle Fälle als einzigartig auf der ganzen Welt.

Die Ruinen von Kamiros, einer dorischen Stadt, liegen ebenfalls an der Westküste und sind für Freunde von antiken Steinen sehenswert.

Etwas weiter südlich davon liegt der Fischerhafen Kamiros Skala, wo Schiffe zu einer nahe gelegenen Insel ablegen, die noch recht ursprünglich ist: Chalki.

Auf der anderen Seite von Rhodos, einige Kilometer südöstlich von Rhodos-Stadt, liegen die Thermen von Kallithea. Es handelt sich um alte Heilwasserquellen.

Die Gebäude der Thermen stammen aus der italienischen Zeit und sind damit noch gar nicht so alt. Sie verströmen einen orientalischen Hauch, auch wenn die Anlage nicht mehr in Betrieb und dem Verfall preisgegeben ist.

Tiefgrün, Wasserbäche und Teiche - das ist die Landschaft der „Sieben Quellen", Efta Piges. Sie liegt zwischen Kolimbia und Archipoli und ist durchaus einen Besuch wert.

Vor Archangelos findet sich der traumhafte Strand von Tsambika.

Eine riesige Bucht mit allerfeinstem Sand und vielen tollen Möglichkeiten, Wassersport auszuüben - eingerahmt von Felsen. Auf der einen Seite liegt in 330 Metern über dem Meer thronend die Wallfahrtskappelle Kyra Tsambika.

Der Legende zufolge fanden Fischer am Strand mehrfach eine Ikone aus Zypern. Sie beauftragte die Fischer, man solle ihr zu Ehren oben auf dem Berg eine Kapelle bauen.

Da dies sehr mühsam war, sollten die kinderlosen Frauen mithelfen. Und genau die bekamen dann später Kinder.

Deshalb pilgern bis heute rhodische Frauen mit Kinderwunsch auf den Berg. Wenn nach der Wallfahrt ein Kind geboren wird, nennt man ein Mädchen „Tsambika", einen Jungen „Tsambikos".

Das ist der Grund dafür, dass es diese Namen auf Rhodos recht häufig gibt.

Noch ein ganzes Stück südlicher an der Ostküste befindet sich Lindos, ein traumhafter Ort, dessen autofreie Altstadt unter Denkmalschutz steht.

Lindos erinnert baulich an den Stil der Kykladen und war einmal ein typisches, griechisches Dorf mit vielen weißgetünchten Häusern gewesen.

Ein Labyrinth von Gassen, gefüllt mit versteckten Tavernen und vielen, kleinen Geschäften. Hoch oben thronen die Johanniterburg sowie Reste der Akropolis und eines großen, antiken Theaters.

Unterhalb von Lindos liegt die pittoreske Paulusbucht mit ihrer kleinen Kapelle. Hier ging der Legende nach der gleichnamige Apostel an Land und verkündete das Christentum.

Der Süden der Insel mit seinen kleinen Dörfern ist ruhig und immer noch recht ursprünglich. Ein Paradies für Wanderfreunde.

Überhaupt - fährt man über die Insel, so wird es abseits der touristischen Zentren, je weiter der Weg in den Süden führt, stiller. Es ist eine Landschaft von rauer Schönheit.

Still ist auch Symi.

Zumindest, wenn gerade keine Ausflugsboote im Hafen von Chorio festmachen. Das geschieht (ungefähr) immer im selben Zeitfenster.

Die Insel bietet sich für einen Tagestrip von Rhodos aus an. Diese Tagesreisen werden von lokalen Veranstaltern im Überfluss angeboten. Es sind etwa 23 Kilometer Seeweg von Rhodos; bis zum türkischen Festland sind es 9 Kilometer.

Wer Symi und seine Stille genauer kennen lernen will, kann als Individualreisender ohne Probleme ein paar Tage dort verbringen. Da man hier mittlerweile ausschließlich vom Tourismus lebt, findet sich auf alle Fälle eine private Unterkunft.

Symi gilt als eine der malerischsten Inseln des Dodekanes, mit steilen Bergen und vielen traumhaften Buchten, die von Felsen umschlossen werden.

Ein Paradies für Badende, die Ruhe suchen: Es gibt hier viele Strände, die oft nur mit einem Boot angefahren werden können.

Einst war die Insel Zentrum der Schwammfischerei, die Mitte des 20. Jahrhunderts einen Niedergang erlebte. Nun hat Symi gerade noch rund 2.600 Einwohner, früher waren es 30.000.

Neben den Stränden und den wunderbaren Ausblicken von der Straße aus (sie führt durch die gebirgige Landschaft), ist vor allem Chorio pittoresk anzuschauen. Hier leben auch die meisten der Einwohner.

Der Ort hangelt sich amphitheatralisch die Hänge hinauf und besteht ausschließlich aus klassizistischen Häusern. Sie sind in hellen Farben gestrichen, haben eiserne Balkongitter und stammen aus dem 19. Jahrhundert.

Teils verfallen, sicherlich, je weiter man in die Peripherie kommt. Doch all das hat einen gewissen Charme.

Von vielen Ausflugsbooten wird das Kloster Panormitis angefahren, das dem Erzengel Michael geweiht ist. Die Schiffe werden beim Anlegen vom weithin hörbaren Glockenspiel begrüßt, das ein Pope mit zurückgekrempelten Ärmeln hämmert.

Orthodoxe Bauten sind das einzige, was die kleine Insel im Überfluss bietet - um die 360 Klöster und Kapellen soll es auf ihr geben.

Der Individualtourismus hat wegen dieser Beschaulichkeit und Ursprünglichkeit die letzten Jahrzehnte deutlich zugelegt. Symi wird sehr gerne von Seglern und Yachten angefahren.

*

Der Tag war sonnig, aber windig.

Eine gute Gelegenheit, den schönen Strand von Tsambika zu besuchen - er ist dann sicherlich nicht überfüllt. Denn der Wellengang ist bei Wind vermutlich doch recht stark.

Ich fuhr mit dem Mietwagen die Straße nach Lindos und nahm schließlich die Fahrbahn linker Hand hinunter.

Sie schlängelt sich in Serpentinen abwärts, mal schmaler, mal breiter, bis zum herrlichen Strand, der von hohen Felsen eingerahmt ist.

Im oberen Bereich ist noch Bebauung, und an einer engeren Stelle zog ich wegen eines ziemlich schnell entgegen kommenden Autos leicht nach rechts. Ich touchierte dabei einen Rosenbusch.

Keine große Geschichte, das kommt auf einer griechischen Insel öfters vor, aber nicht mit einem deutlich wahrnehmbaren „Raaatsch".

Was war das? Ich hatte den Strauch schließlich kaum berührt.

Unten angekommen, inspizierte ich als erstes das Auto. Tatsächlich war fast auf der gesamten rechten Flanke eine Schramme, wie von einem Nagel. Vorne stärker, nach hinten schwächer werdend und auslaufend.

Ein schöner Lackschaden. Und ich war mir sicher - der war vorher nicht da!

Die Lust auf einen längeren Aufenthalt hatte ich nun verloren.

Der Wellengang war wegen des Windes erwartungsgemäß stark und es waren nur sehr wenige Leute am Strand. Ich ging kurz ins Meer baden und versuchte das schöne Panorama und das Wasser trotzdem zu genießen.

Durch den Vorfall sah ich allerdings ziemlichen Ärger auf mich zukommen. Zumal ich bei der Ausleihe des Wagens keine Vollkasko-Versicherung abgeschlossen hatte.

Bei der Rückfahrt hielt ich an der Stelle, wo das Malheur passierte, nochmal kurz an und nahm den Rosenbusch in Augenschein.

In der Tat standen hier mehrere Dornen eines Stacheldrahtes heraus, fast schon richtige Nägel. Mit dem Draht war der Strauch an einer Eisenstange fixiert.

An dem am weitesten vorstehenden Dorn musste das Ganze passiert sein.

Ich hatte die Nase gestrichen voll und fuhr ins Hotel zurück.

Dort rief bei dem Autovermieter an und schilderte mein Problem. Er würde am nächsten Morgen jemanden aus dem Büro vorbei schicken um den Schaden zu begutachten, sagte der Chef.

Gegen zehn Uhr am nächsten Tag knatterte tatsächlich eine alte Vespa die Straße zum Hotel hoch.

Der junge Fahrer stellte sich als Petros, der Sohn des Chefs, vor.

Er inspizierte die deutliche Schramme und meinte: „Mach dir keinen Kopf. Entspanne dich und genieße deine Ferien. Der Kratzer war schon vorher da! Kein Problem."

Ich war völlig verblüfft. Und zwar so sehr, dass ich Petros an der Poolbar zu einem schnellen Ouzo-Longdrink einlud.

Dann raste er wieder die Straße in den Ort hinab.

Auch bei der Rückgabe des Fahrzeugs gab es keinerlei Probleme.

Sehr freundlich.

Man stelle sich nur das Theater in Deutschland vor ... was da nun geschoben wurde oder auch nicht - ich weiß es nicht. Vermutlich kräht einfach kein Hahn nach einem solchen Kratzer und die Flanke wird heute noch von dem Lackschaden geziert. Oder er wurde provisorisch überpinselt.

So unkonventionell mir das erschien, so eindrucksvoll gestaltete sich der Tag meiner Abreise nach Deutschland mehrere Tage später.

Die nette Familie vom Hotel herzte mich noch einige Male ganz toll. Der kleine Hund wedelte zum Abschied mit seinem Schwanz. Es hatte sich zu allen Angehörigen so etwas wie eine freundschaftliche Beziehung aufgebaut.

Papa hatte ein paar Kleinigkeiten aus dem Kräutergarten für mich mitgebracht: Oregano, Thymian und Rosmarin. Außerdem zwei Tomatensetzlinge und zwei Äpfel.

Dass ich noch Teile eines geschlachteten Kaninchens mitnehmen sollte, das konnte ich ihm zum Glück ausreden - einerseits wegen der fehlenden Kühlung, andrerseits würden solche Teile bei den Kontrollen am Flughafen sicherlich nicht gut ankommen.

Am Flughafen wurde ich beim Durchleuchten des Handgepäcks herausgefischt: Drogenkontrolle wegen des Grünzeugs.

Super!

Ich sah mich schon bei Wasser und Brot in U-Haft sitzen.

Eskortiert von drei Beamten durfte ich meinen Finger in ein Analysegerät stecken und in ein Röhrchen pinkeln.

Beide Proben waren negativ, was klar war.

Noch ein paar unbeholfene Erklärungen und Entschuldigungen meinerseits.

Die drei Polizisten mussten schmunzeln. Sie verabschiedeten mich am Ende mit einem Schulterklopfen.

Der Schwerverbrecher hat seinen Flug also noch erreicht.

Ich habe mir ausgemalt was passiert wäre, wenn nicht - ich hatte beschlossen, dass es Schlimmeres geben könnte.

Zum Beispiel für den nächsten Besuch wieder einen Flug buchen zu müssen.

KOS

Der letzte Abend auf Kos. Was tun?

Ausruhen und zeitig ins Bett gehen? Den griechischen Abend im Hotel besuchen? Oder in meiner Stammtaverne bei gutem Wein nach Miezen schauen?

Ich entschied mich fürs Miezen schauen. Zunächst einmal. Nein, keine zweibeinigen. Zumindest nicht vorrangig. Sondern vierbeinige.

Die Geschichte um das Lokal und seine Katzen geht ungefähr so: Im Winter wurde die große, verlassene, wind- und sichtgeschützte Terrasse von zwei trächtigen Katzen aufgesucht.

Beide warfen hier ihre Jungen. An diesem Ort konnten sie bis zu Beginn der Saison ihre Ruhe haben.

Während des Winters ist es für Katzen ein echter Überlebenskampf in Griechenland, erst recht auf der Straße. Tierschutz wird nicht groß geschrieben.

Die tierfreundlichen Betreiber der Taverne brachten es bei ihrer Rückkehr im April nicht übers Herz, die beiden Katzenfamilien des Platzes zu verweisen.

Fortan kümmerte sich das Pärchen rührend um die Kätzchen.

Was bei den Besuchern, darunter übrigens viele griechische junge Erwachsene, ziemlichen Anklang fand - denn die Kätzchen nahmen stets ein paar Sessel in Beschlag.

Wenn zum Beispiel an einem Tisch drei von fünf Sitzgelegenheiten durch die Katzen belegt waren, konnte man sich beruhigt auf die freien Plätze setzen.

Die stolze Katzenmama hatte von ihrem Platz aus alles im Auge: Auf dem anderen Korbsessel spielten vielleicht drei und auf dem nächsten schliefen zwei Kätzchen. Insgesamt waren etwa zehn junge und die beiden erwachsenen Tiere unterwegs.

Die Tiger hatten die Ruhe weg, ein ganz und gar griechisches Temperament eben. Schon lustig, den Kleinen beim Spielen zuzusehen und Streicheleinheiten zu verteilen.

Trotzdem - ein letztes Bier, ein letzter Ouzo-Longdrink, ein letzter Gruß an die Miezen ... und an die Schildkröten in ihrem Brunnen.

Die waren ebenfalls Maskottchen des Freiluft-Lokals, aber von vorne herein eingeplante: Haustiere des Pärchens, die den Luxus hatten, in Athen zu überwintern.

Zurück zum Hotel und auf dem griechischen Abend vorbeigeschaut.

Ich halte grundsätzlich nicht viel davon, wenn die griechische Seele touristengerecht aufbereitet wird. Es sollte allerdings der letzte Abend der Saison mit Unterhaltung sein, das Hotel war schon fast leer.

Es war ein Tipp der Küchenhilfe. Genau nach meinem Geschmack - in Ruhe noch einen Kaffee trinken und dann ab ins Bett.

Das Vorhaben ging am Ende gründlich schief. Allerdings im positiven Sinne.

Es waren kaum Touristen anwesend, nur eine Handvoll an den meist leeren Tischen, und anfangs auch kaum Angestellte.

Mit Dienstschluss in Service und Küche änderte sich das, und erst recht mit dem Aufkreuzen eines griechischen Musikduos: Ein Sänger mit Bouzouki und ein Tastenmann.

Das Duo spielte nicht am Touristengeschmack ausgerichtete Musik. Beispielsweise kein mit griechischen Klängen eingefärbter Schlager aus Deutschland oder Songs, wo Briten mitgrölen könnten.

Klar, zum Warmspielen einige zeitgenössische griechische Popsongs, zum Beispiel von Eleftheria Theodoridou - schöne Melodien zum mitsingen, mit Mitschwinggarantie für die Beine.

Dazwischen einige Stücke von Manolis Chatzidakis und Mikis Theodorakis, darunter natürlich der allseits bekannte Sirtaki.

Als Höhepunkt jedoch die Laika Tragoudia, eine Art moderner, griechischer Volkslieder.

Und Nisiotika-Musik, das ist eine traditionelle Inselmusik, die eigentlich Geige und Lyra benötigt. Die Klänge dieser Instrumente wurden an diesem Abend vom elektronischen Keyboard imitiert.

Die Angestellten, überwiegend weiblich, klatschten frenetisch im Rhythmus. Bewegten sich, tanzten mit dem Sänger, einzeln oder in kleinen Gruppen.

Schließlich bildete sich eine große Tanzschlange, die Arme einander auf die Schultern gelegt. Ein ziemlich lupenreiner

Ikarotikos, wie ich ihn schon ein paarmal gesehen hatte (übrigens auch auf Youtube).

Die Frauen forderten die männlichen Beobachter, Griechen und Touristen, auf, mitzutanzen.

Kein einziger hatte Lust oder den Mut dazu - gerade für griechische Männer eigentlich eher untypisch. Ich allerdings hatte keine Wahl - zwei Mädchen schleiften mich kurzer Hand in die Gruppe und versprachen mir, die Schritte zu zeigen.

Ich als Nichttänzer hatte meine liebe Mühe mit den Schrittfolgen. Ich versuchte sie bei meinen Nebenfrauen so gut es ging abzuschauen.

Die Schlange wurde immer schneller und ging zeitweise in eine Spirale über. Hurra, noch schwerer.

Klar, dass Nichtgriechen spätestens hier flüchten. Doch das macht nichts aus - Hauptsache man macht mit und alle haben einen Riesenspaß dabei!

Ich weiß nicht wie lange das ging. Ich war fix und fertig. Aber glücklich.

Eines der schönsten Erlebnisse meines Lebens. Wein und Ouzo auf das Haus flossen in Strömen.

Zurück auf meinem Platz tippte mir einer der wenigen Urlauber auf die Schulter und meinte, ob er was sagen dürfe.

„Ja, klar …", erwiderte ich.

„Respekt. Ein Mann, der mit einem Dutzend Frauen tanzt. Das habe ich noch nie gesehen. Toll, das ich das erleben durfte!"

Seine Frau stimmte nickend zu.

Ich war völlig überrascht. Das ist doch nur griechisches Leben!

*

Das sonnenverwöhnte Kos befindet sich in der östlichen Ägäis und ist die drittgrößte Insel des Dodekanes.

Dieser Ort der Erholung ist wegen seiner vielen, schönen Sandstrände einer der Hotspots für Pauschalurlauber im Mittelmeer.

Mit ihren 287,2 Quadratkilometern ist Kos ein himmlischer Platz zum Entspannen, zum Schwimmen und einfach unter der Sonne liegen.

Die geeignetsten Strände, die Touristen unbedingt besuchen sollten, sind der Strand von Kephalos im Südwesten der Insel und der im Norden befindliche Strand von Tigáki. Kristallklares Wasser und ein feiner Sand sorgen hier für pures Badevergnügen.

Ein Abstecher zu den schönen Stränden Lagada Beach und Agios Stefanos Beach ist ebenfalls sehr lohnenswert.

Kos ist natürlich nicht nur eine tolle Umgebung, um die Seele baumeln zu lassen. Die Insel bietet ihren Gästen einiges, was man gesehen haben sollte.

Der wichtigste Ort ist Kos-Stadt. Rund 20.000 Menschen leben hier, das sind etwa zwei Drittel der Einwohner auf der Insel.

In der Hauptstadt pulsiert die griechische Mentalität. Man spürt sie überall zwischen den schön dekorierten Gassen, den vielen Boutiquen und vor allem in den Tavernen.

Für einen leckeren Frappé schaut man am besten an der Platia Eleftherias, dem Platz der Freiheit, vorbei. Er ist oft gut besucht. Eine Mischung aus griechischen Kafenions und orientalischem Flair macht den Platz so beliebt.

Von der Platia Eleftherias aus kann man durch das mittelalterliche Stadttor weiter zur Platane des Hippokrates spazieren.

Dieser mächtige Baum ist an die 500 Jahre alt (manche Untersuchungen beziffern ihn auf 700 Jahre). Er besitzt einen

Stammdurchmesser von fünf und einen Kronendurchmesser von 18 Metern.

Laut der Überlieferung soll der Baum von Hippokrates, dem Begründer der Viersäftelehre, Vater der Heilkunst und der modernen Medizin, gepflanzt worden sein.

Es ist klar, dass dies nicht sein kann: Um den Baum gepflanzt haben zu können, hätte Hippokrates um die 2000 Jahre alt sein müssen.

Schenkt man der Erzählung nun Glauben, dürfte es sich bei der Platane zumindest um einen Nachfolger handeln, der am selben Platz angelegt wurde.

Es könnte also durchaus sein, dass Hippokrates seine Schüler an derselben Stelle im Schatten eines anderen Baumes unterrichtet hat.

Über eine alte Steinbrücke gelangt der Spaziergänger zur gewaltigen Festung Neratzia. Sie diente einst als Verteidigungsanlage gegen die Osmanen und ist heute ein beliebtes Ausflugsziel.

Nur vier Kilometer außerhalb von Kos-Stadt, Richtung Südwesten, findet sich die wichtigste Hinterlassenschaft des Hippokrates: Das Asklepieion. Die Reste des Tempels sind die bedeutendste archäologische Ausgrabungsstätte auf der Insel.

Er diente neben seiner Kultfunktion (er ist dem Asklepios geweiht) als Ort für die Behandlung von Kranken und der medizinischen Ausbildung. Sozusagen ein antiker Vorläufer unserer Krankenhäuser.

Hippokrates hat nicht nur diesen Tempel hinterlassen, sondern dem Stolz eines ganzen Volkes sein überliefertes Wissen und der Medizin in der ganzen Welt den hippokratischen Eid.

Übrigens wurde das Asklepieion stufenweise auf einer 100 Meter hohen Anhöhe erbaut, deshalb haben Besucher von hier aus einen herrlichen Blick auf Kos-Stadt, die gegenüber liegende Küste Kleinasiens und das antike Halikarnassos.

Sehr beliebt bei vielen Urlaubern, vor allem aber bei den Einheimischen selbst, sind die Thermen von Embros.

Sie liegen im Südosten der Insel, etwa 12 Kilometer von Kos-Stadt entfernt. Die Strecke bietet sich geradezu an mit einem Fahrrad oder E-Bike zurückgelegt zu werden.

Im Gegensatz zum restlichen Griechenland gibt es auf Kos Verleihstationen für Fahrräder aller Art wie den sprichwörtlichen Sand am Meer.

Die Embros Thermen erfreuen den wasserhungrigen Besucher mit einem rund 25 Quadratmeter großen, natürlich entstandenen "Pool".

Das Thermalwasser sprudelt aus einer Felsspalte und sammelt sich in diesem flachen, von Steinen umsäumten Becken.

Es ist ein heißes Vergnügen bei etwa 49 Grad, welches hin und wieder durch überschwappendes Meerwasser abgekühlt wird. Zu der Quelle sollte man allerdings Abstand halten - hier fließt bis zu 80 Grad heißes Wasser in das Naturbecken, es besteht also Verbrühungsgefahr.

Den Thermen von Embros wird eine heilende Wirkung nachgesagt. Das herrlich warme Wasser ist mit Mineralien angereichert und hat eine therapeutische Wirkung bei rheumatischen Erkrankungen und Arthritis.

Wem der Duft von faulen Eiern - dank eines hohen Schwefelgehalts des Wassers - nichts ausmacht, kann sich in den Thermen immerhin wunderbar entspannen.

Wenn einem der Trubel auf Kos zu viel wird (im Sommer sind die Menschenmengen kaum mehr überschaubar), ist ein Tagesausflug nach Kalymnos eine echte Abwechslung. Schiffe legen während der Saison von vielen Inseln und vom Festland ab, von Kos-Stadt natürlich auch.

Kalymnos ist karg und felsig, fast gebirgig. Und (im Vergleich zu Kos) eher still.

Zwar herrscht auch hier, wenn mehrere Schiffe gleichzeitig anlegen, viel Gedränge. Doch nur in Pothia (auch Kalymnos-Stadt) mit seinem Hafen.

Teile der Stadt ziehen sich amphitheatralisch die Hänge hinauf.

Nach 1912 war Kalymnos italienisch besetzt. Die Italiener sorgten für die vielen Bauten im neoklassizistischen Stil, was so ganz anders wirkt als die Architektur auf den Kykladen und teilweise auch dem Dodekanes (aber nicht weniger hübsch und interessant ist).

Hier leben etwa 12.500 der 15.000 Inselbewohner. Ins dünn besiedelte Hinterland verirren sich natürlich nicht viele Touristen.

Insgesamt sind gut zwei Drittel der Besucher Griechen. Vermutlich deshalb, weil Kalymnos eine große Vergangenheit in der Schwammfischerei hat und jeder Grieche diese Insel einmal gesehen haben sollte.

Kalymnos hat sich übrigens zu einem internationalen Zentrum der Kletterfreunde entwickelt. Es soll hier an die 3800 Kletterrouten und einige Kletterschulen geben.

Geschuldet ist dies einerseits dem abenteuerlichen Hinterland mit seinen bizarren Felsformationen. Anderseits der Tatsache, dass Klettersport wegen des Klimas fast ganzjährig möglich ist.

Großen Spaß macht ein Bummel an der lebhaften Promenade von Kalymnos-Stadt, zwischen all den Läden und Restaurants.

Pothia besitzt ein interessantes archäologisches und ein kleines nautisches Museum, welches die Tradition der Schwammfischerei erklärt: Unter Lebensgefahr brachen Jahrhundertelang mutige Männer bis an die afrikanische Küste auf, um Schwämme zu ernten.

Zuerst frei tauchend, später mit Taucherglocke.

Die Schwämme wurden Mitte des 19. bis in die Mitte des 20. Jahrhunderts in alle Welt exportiert und brachten der Insel beachtlichen Wohlstand.

Doch der Tourismus hat der Schwammfischerei immer mehr den Rang abgelaufen. Sie ist inzwischen ein völlig unbedeutender Wirtschaftszweig.

Die Ruine der Kirche Christu tis Jerusalim Richtung Mirities sollte man gesehen haben. Das Gleiche gilt für die Grotten von Kefala und Skalion im Westen.

Besonders hübsch ist das Dorf Vathi im Osten, es liegt in einem Tal in dem Zitrusfrüchte wachsen.

Vor allem den malerischen Hafen des Dorfes, Rina, lohnt es zu besichtigen: Das azurblaue Meer ist hier von steilen Felswänden umgeben.

Ein zauberhafter Ort um Leute zu beobachten und zu entspannen.

*

Mein letzter Tag auf Kos, und der Flieger geht dieses Mal ungewöhnlich spät. Der Bus für den Transfer kommt erst kurz vor siebzehn Uhr.

Was sehr gut ist, denn das heißt fast einen ganzen, zusätzlichen Tag zur freien Verfügung. Zumal es am Abend zuvor doch etwas später wurde als geplant, sodass ein bisschen Ruhe sicherlich nicht schlecht ist.

Dumm an der Sache ist nur, dass das Zimmer bis zehn Uhr geräumt sein muss.

Nun gut, meine Sachen rechtzeitig gepackt und schnell verstaut in einem Kabuff hinter der Rezeption. Und gut gelaunt geht es noch einmal an den wunderschönen Strand, der fast menschenleer ist.

Es ist wolkenlos.

Beim Blick auf das Meer packt mich dann allerdings doch die Wehmut.

Ich will hier nicht weg.

Es scheint, als zögen mich das Meer und die Ruhe, nur durchbrochen vom Flüstern der Wellen, in einen hypnotischen Bann. Vielleicht liegt es daran, dass alles Leben - letztendlich auch wir Menschen - aus dem Wasser kommt.

Das Meer ist wie eine Mutter, es ist uns vertraut. Es beruhigt uns, wenn wir traurig sind. Es hört uns zu, wenn wir von glücklichen Momenten erzählen.

Die Zeit kriege ich locker rum, wie immer gut betreut durch die Frauenkooperative am Ort: Liege und Sonnenschirm mieten, den dazu gereichten Frappé schlürfen.

Zu Mittag, gegen halb zwei, in der Taverne der Kooperative noch einmal eine griechische Meze genießen.

Später meine Sachen von der Liege geräumt und, gegen halb vier, dort noch einen abschließenden kafé ellinikó, am besten metrio, mittelsüß, trinken.

Der Kaffee kommt. Die beiden Frauen, die mich nun schon gut kennen, fragen, was denn los sei, ich ginge heute schon sehr früh los ...

„Nun, mein Flugzeug geht bald. Ich muss los", sage ich auf Englisch.

„Oooooh, du gehst?"

Oje, auch hier schwingt Wehmut mit. Das macht es einem nicht gerade leichter zu gehen.

Es kommt, was kommen musste. Noch einen Ouzo aufs Haus.

Yiamas auf das Leben und die Liebe.

Noch einen Ouzo und noch einen und als ich langsam unruhig werde, noch eine Riesentüte hausgebackener Kekse als Wegzehrung für den Flug.

Wenn ich ihn nicht verpasse.

Noch eine Menge Umarmungen, Winken, das Versprechen, nächstes Jahr wiederzukommen.

Ich gehe flott die Straße zum Hotel hinauf.

Knapp von der Zeit her, zugegeben, es sollte aber noch reichen. Ich muss mich noch trocken legen und meine Sachen verstauen.

Ich bin kaum am Hotel, da kommt der Bus um die Ecke gerast. Mindestens zwanzig Minuten zu früh. Und das fast ganz am Ende seiner Sammelstrecke.

Ich sage an der Rezeption, der Busfahrer soll warten, nur drei Minuten.

Rein ins Kabuff, die Tür einen Spalt offen, damit ich sehe was passiert, ob man mich am Ende stehen lässt.

Ein Teil meiner Sachen kommt hastig und notdürftig ins Gepäck, für die feuchten Shorts bleibt keine Zeit mehr.

„Ela! Ela!", komm, schreit der Busfahrer und zeigt auf seine Armbanduhr.

Barfuß, mit feuchten Shorts und einem verschwitzten T-Shirt renne ich los, werfe das Gepäck und mich in den Bus.

Der Fahrer sitzt schon hinterm Steuer. Totenstille im fast vollbesetzten Wagen.

*

Etwas später vor der Gepäckaufgabe im kleinen Flughafen von Kos.

Auch hier hat man es ungewöhnlich eilig.

Wenngleich es hier eher die Touristen sind, die die Hektik verbreiten - offenbar können sie es kaum erwarten, wieder nach Hause und in ihren Trott zu kommen: Raus aus dem Bus, rein in die Warteschlange.

Die wird überraschend zügig abgefertigt, ist zum Glück aber lang.

Ich nutze die Zeit.

Auf einer Toilette gelingt es mir noch schnell Hosen, Socken, Turnschuhe anzuziehen und in aller Eile eine Strickjacke überzuwerfen.

Da sage noch einer, dass sie es in Griechenland mit der Zeit nicht so genau nehmen. Natürlich den Zeiger der Uhr immer schön nach hinten verschoben, nie überpünktlich. Das war nun ganz anders als „siga siga", langsam, langsam, wie es die Griechen oft und gerne sagen.

Nebenbei bemerkt: Auf Ikaria, der griechischen Insel, auf der die Bewohner die EU-weit höchste Lebenserwartung haben (und das noch bei bester Gesundheit), gibt es keinerlei Uhren im öffentlichen Raum, also zum Beispiel auf Kirchtürmen.

Man hat Zeit.

Eine sehr traditionelle Küche (mit einem Gläschen Wein), viel an der frischen Luft unterwegs sein, spät aufstehen, dazu ein Mittagsschläfchen und das Leben nehmen wie es kommt - das scheinen die Zutaten für ein langes Leben zu sein.

Außerdem Sex bis ins hohe Alter, Geselligkeit und die Feste feiern wie sie fallen - das sind die inzwischen wissenschaftlich nachgewiesenen Geheimnisse der Alten auf Ikaria.

Nun, für die Erkenntnis müsste man nicht zwangsläufig die Wissenschaft bemühen.

Aber so ist das - wir stehen staunend vor etwas, was wir verlernt haben, und müssen es erstmal auf Herz und Nieren prüfen. Und ändern tun wir am Ende dann doch nichts.

Die Kekse habe ich im Flugzeug an meine Nachbarn, vorne, hinten, seitlich verteilt.

Es waren einfach zu viele.

Aber die Tüte mit den Keksen habe ich während der ganzen Aufregung mit dem Bus und am Flughafen nie aus den Augen verloren.

Sie war mit Freundlichkeit, Respekt und Liebe gefüllt.

ZAKYNTHOS

Die Schweizer gelten ja als ein gemütliches und freundliches Volk. Zumindest wirken sie erheblich entspannter, als wir Deutschen es sind.

Das spiegelt sich auch im Verhalten der Menschen wider: Das Bodenpersonal am Flughafen von Zürich-Kloten, von wo meine Reisen ab und an starten, hat immer ein Lächeln oder ein freundliches Wort übrig.

Man hat das Gefühl, die Leute sind immer an einem interessiert ... wo kommen sie her? Oh, schon so früh unterwegs? Was möchten Sie am Zielort unternehmen?

So auch, als ich vorhatte, das zweite Mal nach Zakynthos zu fliegen.

Das Angebot, eine Last-Minute-Offerte, war unverschämt billig gewesen. Der Flug war bereits in Deutschland bezahlt.

Beim - wie immer - stressfreien Check-In kam nun ich an die Reihe.

Als die hübsche Angestellte am Schalter meine Papiere in der Hand hielt, wechselte ihre Mimik plötzlich von einem Lächeln zu einer in Stein gemeißelten Miene.

Schließlich blieb ihr Gesichtsausdruck bei mitfühlender Betroffenheit stehen.

Ich dachte schon, mein Ausweis sei abgelaufen.

„Oje, das tut mir jetzt aber leid ... ja, Gopferdeckel ... da müssen wir uns entschuldigen. Die Economy-Class ist völlig überbucht! Sorry!", meinte sie traurig.

„Und was heißt das?", fragte ich.

„Wir können Ihnen keinen Platz mehr im Flugzeug anbieten!"

„???" ... in dem Moment war ich wirklich sprachlos und sah mich schon am Boden bleibend.

Vielleicht lag es an dem günstigen Preis? Nach dem Motto: No risk, no fun.

Schweigen.

„Aber ich hätte da noch eine Idee ... wenn Sie nichts dagegen haben, können wir Sie noch in die erste Klasse packen. Da wäre noch ein Plätzchen frei. Ohne Aufpreis natürlich!"

Ihre Miene wechselte wieder auf fröhlich und freundlich lächelnd.

Mein schockartig erhöhter Blutdruck normalisierte sich wieder, wenn auch nur langsam.

Das wollte ich mir natürlich nicht zweimal sagen lassen: „Ohne Aufpreis? Ja klar! Kein Thema, machen Sie das. Ich habe ja nicht vor, hier zu bleiben ... obwohl die Schweiz ohne das Regenwetter ja ganz hübsch wäre ..."

„Hübscher als ich?" fragte sie augenzwinkernd.

„Nein, keinesfalls."

Ich versuchte sie zu bauchpinseln: „Ich brauche es Ihnen ja nicht zu sagen, Sie wissen es sicher - Ihre Anwesenheit und ihr Lächeln vermögen es, jeden Regentag strahlend sonnig zu machen!"

Während ich in Gedanken meine Schleimspur mit einem Handtuch aufwischte, regelte sie die Sache ganz fix.

Sie nahm das Gepäck auf, drückte mir das Ticket in die Hand und wünschte mir einen guten Flug.

So kam es, dass ich für nicht einmal 300 Mark inklusive Unterkunft und Frühstück nach Zakynthos flog.

Erster Klasse.

Auf einem geräumigen Sitz, mit persönlichem Service und Schweizer Premiumverpflegung (die zu der Zeit übrigens unschlagbar gut war - Schampus inklusive.)

Und fast ganz alleine: Nur mit einer einzigen, weiteren Person.

Glück muss man haben.

Wenn das nun mal kein gutes Omen für die anstehende Reise war.

Ich brauche den ganzen Krimskrams nicht - aber bevor ich auf mein geliebtes Griechenland verzichte, schlucke ich eine solche „Kröte" doch sehr gerne einmal.

*

Zakynthos ist die südlichste der größeren Ionischen Inseln.

Diese liegen im Westen dem griechischen Festland vorgelagert. Sie standen - im Gegensatz zum Rest des Landes und seinen Inseln - viele Jahrhunderte unter einem west- und mitteleuropäischen Einfluss.

Es ist die drittgrößte Insel im Ionischen Meer.

Zakynthos gilt als Ort der imposanten Steilküsten und spektakulären Meeresgrotten. Die Insel wirkt toskanisch, ist in vielen Landstrichen idyllisch und zeichnet sich durch Pi-

nienwälder und eine beachtliche Zahl von Öl- und Mandel-
bäumen aus.

Von den Venezianern wurde sie die "Blüte des Ostens"
(Fior di Levante) genannt, weil sie von der Lagunenstadt aus
gesehen ja im Osten liegt. Und weil sie - damals wie heute -
blumenreich und grün ist.

Wildblumen und natürlich wachsendes Gemüse findet
man überall auf der Insel. Wilde Kräuter wie Thymian, Anis,
oder Salbei (und viele andere mehr) sorgen dafür, dass überall ein aromatischer Duft in der Luft liegt.

Dazu kommen der Lavendel, Zistrosen und Strohblumen,
um nur einige von den schön blühenden Pflanzen zu nennen.
Kultiviert werden auf Zakynthos neben Oliven und Wein
beispielsweise Kirschen, Feigen und Zitrusfrüchte.

Die Insel kommt wie ein reichhaltiger, blühender und
duftender Garten Eden daher.

Zante (ein weiterer, abgekürzter Name der Venezianer für
die Insel) war auch als Blüte der Künste bekannt: Im 17. Jahrhundert bildete sich unter dem Einfluss der verschiedenen
Menschen und Kulturen in der Malerei ein neuer Stil, die so
genannte „Schule von Zakynthos", heraus.

In diesem Rahmen hat die Musik einen besonderen Stellenwert: Um 1815 wurde unter britischer Herrschaft die erste
griechische Musikschule und das erste griechische Blasor-
chester gegründet.

Blasmusik - auf griechischen Inseln höchst ungewöhnlich -
spielt heute noch eine große Rolle auf Zante, was man bei der
musikalischen Untermalung zum Beispiel von kirchlichen
Prozessionen beobachten kann.

Sogar ein philharmonisches Orchester wurde 1843 ins Leben gerufen, sicherlich beeinflusst durch die langjährige, venezianische Herrschaft und die Liebe der Italiener zu den
Opern.

Die traditionelle zakynthische Musik, die Kantada (eine Art Ständchen), kann man mit Glück heute noch hören, wenn die Einheimischen beisammen sitzen.

Es ist ein Gesang, der von Gitarre und Mandoline begleitet wird und einen getragenen, doch unterhaltsamen Einschlag hat. Gelegentlich wird er auch für touristische Zwecke arrangiert.

Zante punktet neben seiner schönen Landschaft mit herrlichen Sandstränden, Buchten und einer Vielzahl an Meeresgrotten - diese sind einen geführten Besuch auf alle Fälle wert.

Die berühmtesten sind die Grotten von Keri im Südwesten und die Blauen Grotten beim Kap Skinari im Norden, unterhalb des Leuchtturms.

Ein atemberaubendes, unglaubliches schönes Erlebnis, bei dem das Wasser in allen erdenklichen Blau- und Grüntönen leuchtet, erwartet den Besucher an diesen Orten.

Bei Keri befinden sich außer den Grotten auch Felsen, die regelrechte Brücken über dem Meer bilden. Unter ihnen fahren Schiffe hindurch. Der Ort selbst liegt rund 200 Meter über dem Meer.

Für die Blauen Grotten nimmt man am besten eines der Ausflugsboote von Agios Nikolaos. Sie schippern die felsige Küste entlang. Eine Reihe von Höhlen, größere und kleine, sind während der Fahrt zu sehen.

Höhepunkt ist die Durchfahrt durch drei Felsbögen zur Blauen Grotte. Die strahlenden Blau- und Smaragdtöne des Wassers sind hier am intensivsten - vor allem kurz nach Sonnenaufgang.

Zakynthos insgesamt ist felsig. Im Osten eher flach, doch nach Westen immer stärker ansteigend und dann plötzlich steil abfallend.

Die Steilhänge im Westen sind bei der Ortschaft Kampi teilweise über 400 (!) atemberaubende Meter hoch. In diesem Abschnitt der Insel finden sich am unteren Ende der Klippen ebenfalls Höhlenformationen.

In der Nähe, etwas weiter nördlich, liegt das berühmte Navagio. Es ist einer der schönsten Plätze Griechenlands.

Man steht hoch oben auf einer Plattform und blickt auf das Ionische Meer, das sich von einer wunderschönen Landschaft mit einer spektakulären Bucht abgrenzt.

Das Plateau liegt rund 200 Meter über dem Ozean. Der Weg zum diesem Aussichtspunkt ist nicht ungefährlich.

Das Bild vom Wasser zwischen den hohen Felsen entschädigt für den Aufwand dorthin zu kommen - es lässt sich in Worten kaum beschreiben: Die Farben Blau (Himmel), Türkis (Meer) und Weiß (Strand) konkurrieren in einem sonnenhellen Spiel um die Wette.

Doch das ist nur die halbe Wahrheit: In der Bucht liegt ein Schiffswrack, das 1980 auf Grund lief. Das „Schmugglerschiff" zwischen den Felsen ist eines der berühmtesten Fotomotive Griechenlands geworden.

In die traumhafte Bucht, in der sich neben dem Wrack der schöne, fast weiße Sandstrand befindet, kommt man nur vom Meer aus, beispielsweise mit einem Ausflugsboot.

Der Badestrand gilt übrigens als einer der schönsten der Welt. Für das Jahr 2018 haben ihn 1000 Journalisten in einer Umfrage sogar zum attraktivsten weltweit gewählt.

Diese Bucht sollte man unbedingt aus zwei Perspektiven gesehen haben - oben von den Felsen und direkt vom Sandstrand aus.

Mit Straßencafés, Museen und einer großen Stadtbibliothek wartet Zakynthos-Stadt auf.

Über der Inselmetropole wacht eine venezianische Festung, die einst von den Italienern anstelle der antiken Akropolis gebaut wurde.

Die Venezianer hatten in ihrer insgesamt etwa 400 Jahre währenden Herrschaft auf der Insel deutliche, architektonische Spuren in Form von Herrenhäusern hinterlassen. Diese Bauten wurden bei einem großen Erdbeben 1953 weitgehend zerstört.

Wahrzeichen der Stadt ist der Glockenturm der Kirche Agios Dionysos, der nachts schön beleuchtet ist. Man kann ihn bei der Einfahrt in den Hafen schon von weitem sehen. Das Gotteshaus war eines der wenigen Gebäude, das nach dem großen Erdbeben stehen geblieben ist. Der Turm wurde nach der Katastrophe errichtet.

Der Sandstrand des Ferienortes Laganas ist einer der längsten Griechenlands. Er bietet sich für ausgedehnte Morgenspaziergänge und sportliches Jogging an.

Hier und am Strand von Jerekas (bei der Ortschaft Vasilikos) legt die vom Aussterben bedrohte Meeresschildkröte Caretta-Caretta ihre Eier ab und vergräbt sie anschließend im Sand.

Die Jungen versuchen unmittelbar nach dem Schlüpfen zum Meer zu gelangen.

Um die Nistplätze zu schützen wurde ein Meeresnationalpark errichtet. Während der Brutzeit sind einige Strandabschnitte nur eingeschränkt zugänglich und Käfige markieren die Gelege.

So sollen die Tiere und ihre Brut geschützt werden.

*

Mir war hundeelend.

Bereits kurz nach meiner Ankunft bekam ich leichte Temperatur und Husten. Also blieb ich des Rest des Tages im Bett liegen.

Am nächsten Morgen legte ich mich nach dem Frühstück sofort wieder hin.

Keine Besserung.

Ein Zimmermädchen klopfte an die Tür und fragte, ob sie eintreten dürfte.

Ich sagte, sie könne das Zimmer ruhig saubermachen, ich würde im Bett liegen bleiben.

Ein bisschen suspekt schien ihr das schon zu sein, und sie fragte, ob ich etwas brauchen würde.

Offenbar machte sie sich Sorgen.

Nein, ich brauchte nichts. Meinte ich zumindest. Ich hatte eine kleine Reiseapotheke dabei und nahm fiebersenkende Tabletten.

Über Nacht wieder keine Besserung.

Die Sache schien mir ernster zu werden. Meine Temperatur war gestiegen - noch nicht Besorgnis erregend, aber immerhin auf rund 38,5 Grad.

Das Zimmermädchen kam wieder, um die Räumlichkeiten in Schuss zu bringen.

Sie stellte sich als Dimitria vor und brachte mir netterweise einige Vitamine in Form von Obst vorbei. Sie stellte mir außerdem eine große Flasche Wasser und eine Dose Cola auf den Nachttisch.

Ich war überrascht, das hätte sie nicht tun müssen.

Mittlerweile hustete ich ziemlich stark und sah ziemlich krank aus.

Sie meinte, ich solle doch den Medical Service Center aufsuchen, eine Art kleines Krankenhaus.

Ich fand die Idee nun doch ganz gut und fragte, wo er zu finden sei.

Es war nach ihrer Beschreibung nicht weit, fast um die Ecke.

Ich versuchte mich ein wenig ordentlich zu machen, nahm die Papiere, die ich brauchen würde, und machte mich auf den Weg.

*

Der freundlichen Dame am Empfang des Medical Care Centers schilderte ich meine Beschwerden. Sie drückte mir dann einen Fragebogen in die Hand, den ich ausfüllen sollte.

Es saß noch ein älterer Herr im Wartebereich.

Er sprach mich auf Griechisch an, ob ich aus Athen oder Saloniki, also vom Festland, kommen würde.

„Ochi, apo ti Jermanía" versuchte ich zu antworten - nein, aus Deutschland.

„Oh, aus Deutschland ... aus welcher Gegend?" überraschte er mich mit sehr gutem Deutsch.

Es entwickelte sich eine interessante Unterhaltung.

Er habe Jahrzehnte in Deutschland gearbeitet. Als Arbeiter im Ruhrgebiet, vorwiegend in der Stahlindustrie.

Zwei Kinder habe er in Deutschland zurück gelassen. Die würde er gelegentlich besuchen. Aber selten öfters als ein Mal im Jahr, für ein, zwei Wochen. Und wenn, dann nur im Sommer.

Gottseidank sei er nun in Rente und bei der Gelegenheit wieder zurückgekehrt in seine Heimat.

Nur im Sommer? Gotteidank?

Er sah die Fragezeichen in meinem Gesicht.

„Verstehen sie mich nicht falsch - es gibt wundervolle Plätze in Deutschland, die man gesehen haben sollte. Aber in Griechenland ist es unterm Strich doch am Schönsten.", meinte er.

Das war nachvollziehbar, schließlich sprach er von seiner Heimat. Trotzdem: Er rannte offene Türen bei mir ein.

„Und ich habe Rheuma - das Wetter in Deutschland muss ich nicht haben. Ich habe es viel zu lange ertragen müssen. Im Winter sieht man kaum Sonne, erst recht nicht im Ruhrgebiet. In Griechenland geht es mir bestens - das Klima, die Sonne, die Menschen. Das Rheuma spüre ich kaum."

Klar, das Klima ist sicher gut bei solchen Beschwerden.

„Das einzige, was ich mir vorwerfen kann, ist, nicht schon früher zurückgekehrt zu sein. In Deutschland würde ich längst nicht mehr leben. Jedes Mal bin ich froh, wenn ich von meinen Besuchen wieder zurück bin", fuhr er fort.

„Die Menschen? Wie meinen Sie das?" Das Thema interessierte mich.

„Nun, es gibt überall Idioten. Aber bei uns sind die Leute freundlicher, meistens gut gelaunt und hilfsbereit. Man redet viel miteinander. In Deutschland geht es immer nur um Geld und die Arbeit. Obendrein bleibt jeder für sich. Sehr unpersönlich ist das."

Auf irgendeine Weise musste ich ihm Recht geben.

„Und es wird alles sehr genau genommen - Präzision, Fleiß und Disziplin, das sind die Stärken der Deutschen."

Sicherlich richtig.

„Die Leute können aber das einfache Leben, den Moment nicht genießen. Sie bilden sich zwar ein sie könnten es - wenn es im Sommer einmal warm ist, sie im Biergarten sitzen und mit Geld um sich werfen. Im Großen und Ganzen sind sie aber eingepfercht … zumindest dort wo ich lebte … hier auf Zante habe ich Platz. Platz zum Atmen."

Ich glaube kaum, dass er wusste, wie sehr er mir aus dem Herzen sprach.

Wir wechselten noch ein paar nette Worte, dann kam ich an die Reihe.

*

Ich wurde in eine Kabine mit Pritsche gerufen, wo die Untersuchung stattfand.

Schon beim Abhören mit dem Stethoskop war der Ärztin klar - eine leichte Lungenentzündung.

Wahrscheinlich eingefangen im schlechten Schweizer Wetter - und die Klimaanlage im Flugzeug hat mir dann den Rest gegeben.

Die Ärztin war ausgesprochen freundlich. Sie verschrieb mir Antibiotika

Viel trinken und zwei, drei Tage Bettruhe im Hotel und die Sache sei wieder gut.

Ich zahlte - wie als Urlauber üblich - in bar und sie schrieb einen Beleg für die Untersuchung. Für die Medikamente bekam ich in der Apotheke ebenfalls eine Quittung.

Die Summe wurde mir von der privaten Reise-Krankenversicherung übrigens prompt und ohne viel Bürokratie ausbezahlt - ich kann diesen günstigen Schutz nur dringend empfehlen, für den Fall, in eine Notlage zu kommen.

Drei mal täglich sollte ich das Antibiotikum einnehmen, fünf Tage lang. Schon am nächsten Tag, nach zwei Dosen, ging es mir besser.

Das Fieber war schnell weg und der Husten besserte sich fast stündlich.

Ich dachte an den alten Mann im Medical Care … für die rasche Genesung musste wohl das Klima verantwortlich sein.

Und Dimitria.

Ich erzählte ihr an diesem Morgen, was man im Medical Care Center diagnostiziert hatte.

Dimitria schaute fortan, wie üblich, auf ihren täglichen Rundgängen vorbei - und dann nochmals nach der Arbeit, am frühen Nachmittag.

Am Morgen brachte sie jedes Mal frisches Obst, Wasser oder eine Süßigkeit mit.

Sie öffnete die Fenster und die Türe zum Balkon, um das Zimmer mit frischer Luft und Sonnenlicht zu fluten.

An den Nachmittagen schenkte sie mir ihre Zeit mit einer schönen Unterhaltung - bei einer Tasse Kaffee, zwischen Griechisch und Englisch, mit Händen und Füßen.

Nach zwei, drei Tagen war ich wieder soweit fit, dass ich Lust auf das Essen im Hotel hatte.

*

Am Tag der Abreise standen rund dreißig Gäste und ich auf gepackten Koffern im Empfangsbereich bereit, abgeholt zu werden.

Dort sah mich Dimitra. Ein Zufall, der offenbar sein musste.

Sie stellte ihren Putzwagen ab, schmiss ihre Schürze über eine Sessellehne und lief wortlos, quer durch die Empfangshalle, direkt auf mich zu.

Einige der anderen Gäste mussten ein spontanes Spalier bilden, damit sie durchkam.

Es kam mir vor wie in Zeitlupe ... ich sah in dem Moment jedes Detail: Ihr langes, schwarzes Haar, ihre rehbraunen Augen und - nicht zuletzt - ihr allumfassendes, herzliches und unkompliziertes Lachen.

Dimitra war wirklich sehr hübsch.

Sie fiel mir um den Hals, umarmte mich und drückte mir einen Kuss auf jede Wange.

Sie wünschte mir eine schöne Heimreise. Ich bedankte mich für die rührende Betreuung.

Anschließend lief sie, ein griechisches Volkslied singend, wieder zurück durch das Spalier.

Die anderen Gäste kamen aus dem Staunen nicht mehr heraus.

Einige applaudierten.

Sie ging wieder an ihre Arbeit.

Wieder musste ich an den alten Mann im Medical Care Center denken.

NISYROS II

Ich habe das Gebiet der Krater hinter mir gelassen. Etliche Geschichten, Erlebnisse und Eindrücke haben mich während der Wanderung begleitet.

Erinnerungen kamen mir in den Sinn und verließen ihn wieder, wie die weißen Wolken am strahlend blauen Himmel. Manche sind schon wieder vergessen, kaum dass sie mir ins Bewusstsein kamen, andere haben mich länger begleitet und haben sich ins Gedächtnis gebrannt.

Ich muss verrückt sein, mir den Weg anzutun. Schließlich bin ich nicht der fitteste.

Zum Glück habe ich genug Wasservorräte am Kiosk beim Stefanos-Krater mitgenommen, die ich am Ende gnadenlos aufgebraucht haben werde.

Die ersten vier Kilometer ziehen sich zunächst langsam, schließlich in Serpentinen steil hinauf zur Straße nach Nikia.

Schatten gibt es nicht viel. Ich schwitze wie ein Maultier unter Last, lege viele Pausen ein.

Die zweite Etappe geht rund drei Kilometer von der Abzweigung, die die Straße hier zu den Kratern macht und von wo ich herauf komme, weiter.

Im Grunde ist die gesamte Strecke damit gar nicht so lang. Doch sie zieht sich scheinbar endlos. Es geht jetzt allerdings nur noch leicht, aber beständig, bergauf.

Ein phänomenales Panorama auf das Meer begleitet mich, ansonsten passiert nicht viel.

Es hat etwas Meditatives.

Meine Kondition neigt sich dem Ende zu, und ein Hitzschlag scheint mir nicht mehr allzu fern.

Dann kommt das malerische Dorf Nikia endlich in Sicht: Es liegt 400 Meter über dem Meer und ist auf den Kraterrand gebaut.

Die Gebäude sind oft würfelförmig, meist weiß getüncht und mit blauen Türen und Fensterläden versehen. Zusammen mit der strahlenden Sonne und dem hellblauen Himmel ist dies die Essenz eines Dorfes auf einer griechischen Insel, wie man es sich vorstellt.

Nahe am Ortseingang, rechter Hand, liegt ein Aussichtspunkt, gleich einem Balkon über der Caldera. Mangels Platz herrscht hier schnell enges Gedränge.

Der Blick in den Kraterkessel ist allerdings atemberaubend: Die ganze Größe der Mondlandschaft in der Tiefe eröffnet sich hier. Warme Winde wehen aus der Senke, über Nikia und die Berge hinweg, zum Meer.

Die See lässt sich von hier bereits ausmachen.

Am Ende des Dorfes, einige Schritte weiter, steht sie mehr im Fokus: Die Gasse hört einfach auf und man steht hunderte von Metern über dem Meer auf dem Kraterrand.

Keine steilen Klippen, aber dennoch ziemlich abschüssig. Trotzdem Schwindel erregend, aber baulich gesichert, mit einem vollendeten Ausblick auf eine unendlich scheinende Weite.

Es gibt ein kleines, vulkanologisches Museum in Nikia. Das erste dieser Art in Griechenland.

Bevor ich es besichtige und durch die Gassen schlendere, gehe ich zum Dorfplatz, dessen Boden ein schönes Mosaik aus Steinen ziert.

Dort erhole mich von der Anstrengung. Ich lasse mich bewirten - mit griechischem Salat und einer großen Menge Wasser.

Und der ein oder andere Ouzo ist auch dabei.

*

In einer privaten Unterkunft habe ich geschlafen - wie ein Stein. Was kein Wunder ist, nach dem für mich recht anstrengenden Weg.

Mein Zimmer lag in einem ortstypischen Haus, sehr minimalistisch ausgestattet. Ich hatte wirklich Glück gehabt und am Rand der Gemeinde offenbar die unterste Kategorie ergattert.

Man sollte nicht glauben, wie schwierig es ist, in Nikia eine normalpreisige Unterkunft zu finden.

Mit dem Vermieten sehr schöner, rustikaler Unterkünfte hat sich ein höchst lukratives Geschäftsmodell entwickelt, das an solvente Individualreisende ausgerichtet ist.

Manche dieser Räume sind weiß getünchte, in den Fels gehauene Wohnhöhlen, im Erdgeschoß der für Nikia typischen Häuschen gelegen.

Die nächtliche, allumfassende Stille als erholsame Belohnung war jedenfalls beeindruckend.

Keinerlei Geräusche, nicht einmal das Zirpen der Grillen oder das Rauschen des Meeres, das bis hier oben ins Bergdorf - zumindest bei ruhigem Wetter - nicht vordringt.

Ruhe, kristallklares Wasser und die heilenden Quellen waren früher einmal das Kapital von Nisyros.

Hippokrates (Sie erinnern sich, der Arzt von der Nachbarinsel Kos) empfahl die Thermen und die Stille von Nisyros als therapeutisches Mittel gegen viele Beschwerden.

Später hatten die Römer Gefallen an den Quellen gefunden und nutzten sie Hunderte von Jahren.

Im kleinen und hübschen, allerdings fast völlig verlassenen Bergdorf Emporio gibt es sogar eine Natursauna: Vom heißen Innenleben der Insel gespeist, staut sich in der Höhle feuchtwarme Luft.

Eine weitere „Sauna" dieser Art findet man bei den Tuffsteinhöhlen, unweit des Weilers Avlaki und oberhalb vom Kap Irini. Dieses Gebiet liegt grob gesagt unterhalb von Nikia.

Mandraki hatte bis Anfang der 1950er-Jahre ein einfaches, aber florierendes und beliebtes Thermalbad.

Diesen Heilbädern machte 1953 ein großes Erdbeben ein jähes Ende. Weil die Zerstörungen so immens waren, führte die Katastrophe im Nachgang zu einer Auswanderungswelle und zur fast völligen Entvölkerung der Insel.

Heute lebt die kleine Gemeinde Nisyros vom Kratertourismus.

Es gibt jedoch Bestrebungen, die alten Thermen zu sanieren und ihnen neues Leben einzuhauchen. Die Corona-Pandemie hat das Vorhaben ausgebremst, man muss nun sehen, was die Zukunft bringt.

Nisyros bietet noch viel mehr, was mir in der kurzen Zeit nicht vergönnt war zu sehen.

Eine Attraktion, die nur sehr wenige Menschen besuchen, soll das wilde Nymphiostal sein.

Es liegt zwischen zwei Lavadomen unweit der Krater, allerdings oben, in der Nähe des höchsten Berges von Nisyros, dem Profitis Ilias.

Das Tal ist am besten vom Kloster Evangelistra, das von Mandraki aus angefahren werden kann, erreichbar.

Inmitten fast unberührter Natur findet sich ein minoischer Stieraltar, dessen Zweck archäologisch noch nicht geklärt ist. Eventuell handelte es sich um eine Opferstätte.

Ein verstecktes Höhlenheiligtum umfasst eine Höhlenkapelle und einen in den Fels gehauenen Stützpfeiler. Von diesem nimmt man an, dass er bereits für eine minoische Kultstätte gefertigt wurde.

Das sehr kleine, beschauliche Kloster Agios Ioannis ist verlassen. Von hier soll man einen wunderschönen Blick auf das Nymphiostal haben.

Ein Wunschziel meinerseits wären noch die „hängenden Gärten des Diavatis". Dieser Ort besticht offenbar durch seine Abgeschiedenheit.

Die „Gärten" liegen in einer fruchtbaren Kratersenke. Dort befinden sich ein für jedermann zugängliches Häuschen mit Schlafgelegenheiten und eine kleine Kapelle.

*

Es heißt nun Abschied nehmen von Nikia.

Dem Ort mit seinen engen Gassen und dem atemberaubenden Blick in die Caldera und auf die Ägäis. Mit den heißen Winden, die von den Kratern her wehen.

Wo man in die Häuser der wenigen, alten Leute blicken kann (Nikia hat heute nur etwa 60 Einwohner). Sie nächtigen wie vor Hunderten von Jahren in ihren Schlafnischen - mühsam wurden sie einst in den Fels getrieben.

Der Bus nimmt mich vereinbarungsgemäß an Bord.

Yanni freut sich, dass alles geklappt hat und geht schnell zur Tagesordnung über. Über unsere stillschweigende Vereinbarung wird kein Wort mehr verloren.

Die Fahrt geht nun wieder hinunter nach Mandraki.

Der Bus schlängelt sich über die 15 Kilometer lange Strecke. Mir kommt sie länger vor - denn Nisyros versucht mich einmal mehr mit einer Vielzahl an wunderbaren Ausblicken zu fesseln.

Fast scheint es, als wolle mich die Insel festhalten.

Wieder erfasst mich, wie schon so oft, Wehmut.

Vor der Überfahrt zurück nach Kos habe ich Gelegenheit, noch ein wenig durch Mandraki zu spazieren.

Mit seinen verwinkelten, engen Gässchen und seinen schönen Plätzen wirkt der eng ans Meer gebaute Ort sehr malerisch.

Die Reste der antiken Akropolis in der Nähe sind sehenswert und frei zugänglich. Über alledem wacht das Kloster Panagia Spiliani, das am Ortsrand auf einem imposanten Felsen thront.

Ein letzter griechischer Kaffee, wie immer metrio, auf dem großen Dorfplatz. Der mit dem offenen Blick aufs Meer. Diese Stimmung gilt es einzufangen und mitzunehmen.

Die Fähre nach Kos legt bald ab.

EPILOG

Den Blick voraus.

Im deutschen Stau, in dem ich nun wieder stehe, wirkt dieser Gedanke wie eine Flasche Ouzo, deren Verschluss nicht aufgehen will, obwohl das Longdrink-Glas mit Eis schon vor einem steht.

Der Verkehr steht wie festgeleimt.

Stoßstange an Stoßstange, dazwischen nur wenige Zentimeter zum vorderen Fahrzeug. Trotzdem rauft sich der Fahrer des Wagens hinter mir die Haare und gibt hektisch die Lichthupe.

Da haben es die Leute auf Nisyros deutlich entspannter - es gibt im Grunde nur eine Straße (die von Mandraki hinauf nach Nikia), ein paar Neben- und Wirtschaftsstraßen (zum Beispiel nach Emporio und hinab zu den Kratern).

Und eine Handvoll Autos. Keine Ampeln. Kein Stress. Kein ungeduldig hupender Hintermann. Und wenn gehupt wird, dann allenfalls um jemanden zu grüßen.

Dauerlärm macht bereits ab 75 Dezibel krank. Das ist wissenschaftlich nachgewiesen. Und die Hupe eines Autos bringt es auf satte 120 Dezibel.

Irgendwie erscheint mir es, als ob viele Leute Lärm zum Leben brauchen - im Verkehr, im Supermarkt, auf Veranstaltungen. Einfach überall wird Krach gemacht, ist es laut und hektisch, stets macht sich jemand aufdringlich bemerkbar.

Es gibt kaum noch Orte der Stille.

Klar, nur mit marktschreierischer Lautstärke lässt sich noch etwas verkaufen. Alles andere geht im allumfassenden, nahezu überall gleichen und austauschbaren Hintergrundrauschen der Welt unter.

Stille muss man aushalten können.

Das ist ein Problem. Wir haben verlernt sie ertragen, Kontemplation zu betreiben, uns und die Welt zu reflektieren.

Deshalb müssen wir die Grenzen immer weiter ausdehnen, neue, absurde Herausforderungen annehmen, stets einen neuen Hype erfinden.

In vielen Regionen der Welt ist es wichtig, immer Umtriebigkeit zu zeigen, gestresst zu sein, dem Phantom des Habens hinterherzurennen.

Was wäre eine Welt ohne Menschen?

Überwiegend still. Ein Prinzip in der Natur. Was übrigens der Normalzustand ist. Lärm kommt in der Natur nur selten vor.

Die Erde kam einige Milliarden Jahre sehr gut ohne Menschen aus. Sie haben ihr den Lärm gebracht - und immer mehr davon.

Unsere Spezies greift seit ein paar tausend Jahren unerbittlich und rücksichtslos in die Natur ein. Immer stärker, vor allem technologisch.

Würde man die Evolution der Erde versuchen in einen Tag zu pressen, die Geschichte der Menschheit würde nur die letzten drei Sekunden ausmachen. Nichts im Vergleich zu den 86.397 Sekunden davor.

Die letzten Jahrzehnte haben tiefe Spuren hinterlassen, man spricht inzwischen vom Zeitalter des Anthropozän.

Die Technospähre, also die Summe der von Menschen hergestellten Dinge, wiegt (in Tonnen) inzwischen mehr als die Gesamtheit aller Pflanzen und Tiere, also der Biomasse.

Wir müssen immer schneller und mehr produzieren und konsumieren, damit Volkswirtschaften wachsen. Dieses System - und der Allmachts- und Gestaltungsanspruch der Menschheit - wird uns Kopf und Kragen kosten.

Auf Kos und Nisyros habe ich erkannt, dass das Meer wie eine Mutter ist.

Alles Leben entstammt aus dem Meer. Wir sind aus ihm hervorgegangen, in ihm geboren und es ernährt uns.

Es spendet uns Erholung und Hoffnung, manchmal muss es streng sein, ist es gar gefährlich.

Doch was man mit der leiblichen Mutter in der Regel nicht machen würde: Wir treten das Meer und den Planeten mit unseren Füßen.

Nun sind die Inseln, die ich jede mehrfach besucht habe, bei weitem keine Geheimtipps mehr - nicht einmal Symi oder Kalymnos. Allenfalls Nisyros könnte man einen solchen Status zubilligen. Sie alle sind zu großen Teilen in der Hand des Massentourismus.

Und trotzdem: Noch hat die griechische Inselwelt auf europäischem Boden ein Alleinstellungsmerkmal - es ist ein Paradies auf Erden. Man lebt langsamer dort.

Wie lange kann das noch gutgehen, bis das Hintergrundrauschen der Welt endgültig zu einem Tsunami anschwillt?

Es mag den Eindruck erwecken, dass ich der Auffassung bin, es sei überall in der Welt immer alles besser als in Deutschland.

Das ist natürlich nicht so. Man muss differenzieren nach Ländern, Regionen und Themenfeldern. Und man muss für sich definieren was besser und schlechter heißt, kurz: was einem wichtig ist.

Die griechischen Inseln wirken auf Deutsche infrastrukturell meist unterentwickelt, aber das Grundlegende funktioniert.

Im öffentlichen Verkehr hat jeder Zeit. Man hat nie das Gefühl, etwas zu verpassen. Ist man zu spät dran, ist es eben so - man bleibt entspannt.

Im Individualverkehr geht es manchmal hektisch zu. Wer es nicht so eilig hat fährt dann gemütlich auf dem Standstreifen und zeigt mit dem Blinker an, dass andere überholen können. (Wobei man sagen muss, dass in Griechenland generell nicht so schnell gefahren wird, allein schon wegen der Schlaglöcher - rücksichtlos rasen tut niemand.)

Im Gesundheitssystem wird man zumindest bei gängigen Krankheiten korrekt behandelt, alle bemühen sich nach Kräften und sind fürsorglich - vielleicht ist das mehr wert, als das neueste, appgesteuerte Krankenbett.

Dass entlegene Bergdörfer im Notfall schlecht zu erreichen sind und es auch keinen Hubschrauber gibt, steht auf einem anderen Blatt.

Da fällt mir gerade eine Szene ein … ich hatte einmal (ich glaube es war auf Samos) ein Moped ausgeliehen. Der Auspuff war offenbar schon ziemlich durchgerostet, so dass er bei der Durchfahrt durch ein Dorf ab- und ich bei der Gelegenheit lautstark auffiel.

Das Tagesereignis im Ort - am Ende standen mindestens zwanzig Leute um das Moped und mich herum und werkelten am Auspuff herum.

Nach provisorischer Reparatur (ich weiß nicht wie, aber es hatte funktioniert und nach der Instandsetzung war das Gefährt obendrein viel leiser) ging es erstmal mit der Gruppe in die Taverne auf mehrere Ouzo.

Man ist eben hilfsbereit.

Der Verleiher war sich der Sache mit dem Auspuff übrigens bewusst und machte auch keine Geschichte daraus, sondern war froh, ein gratis repariertes Moped zurück zu bekommen.

Grundsätzlich stellt sich für mich die Frage, warum die Deutschen Weltmeister im Reisen sind, wenn hier doch alles „Daumen hoch" ist, um im Neusprech der sozialen Medien zu bleiben?

Ich vermute, es ist die Flucht vor sich selbst.

Druck und Stress scheinen woanders möglicherweise nicht so groß. Und die Lebensqualität ist in einem tristen Wohnhaus, mit 24 Stockwerken in irgendeiner Großstadt (wo es das halbe Jahr regnet), eben nicht so arg prickelnd.

„Was willst du denn schon wieder in Griechenland", werde ich manchmal gefragt.

In einem Land, in dem die öffentlichen Busse stets unpünktlich sind?

Wo neben der Toilette kleine Eimer stehen, in denen das benutzte Klopapier entsorgt wird, damit die dünnen Abwasserrohre nicht verstopfen?

Wo du nicht weißt, wie du dich auf Dauer beschäftigen sollst?

Nicht wissen, wie ich mich beschäftigen soll?

Schnapp dir einen der Stühle vom Kafenion am Dorfplatz in Nikia. Platziere ihn ein paar Meter weiter an der Mauer, dort, wo du hinunter auf das Meer schauen kannst.

Bestell dir einen kafé ellinikó, dazu eine Flasche Ouzo (du wirst sie bei deiner Aufgabe brauchen) und eine Karaffe Wasser.

Zähle dann die Schaumkronen der Wellen. Zumindest von denen, die du mit bloßem Auge erkennen kannst.

Ich garantiere, du wirst jede Minute, jede Stunde und jeden Tag deines Lebens auf eine andere Zahl kommen.

Mir erscheint das weder als langweilig, noch als sinnlos. Es ist ein Grund zu bleiben.

Wenn es sein muss für ewig, um nie zu Ende zählen und auf diesen atemberaubenden Blick auf die Ägäis verzichten zu müssen.

„Reise allein, reise ohne Gepäck und reise langsam" - das riet der Schriftsteller Ilija Trojanow den Lesern in einem Essay[1].

Der moderne Reisende setze sich einer durchorganisierten Maschinerie aus, Blechlawinen auf Straßen und Parkplätzen, überfüllten Flughäfen und langen Warteschlangen vor Sehenswürdigkeiten und Attraktionen.

Er bezahle oftmals viel Geld, um im Unbekannten, dem Reiseziel, das Vertraute zu finden.

Er sieht damit den Sinn des Reisens auf den Kopf gestellt: Statt „sich der Fremde auszusetzen, zahlt man Geld, um ihr aus dem Wege zu gehen". Tatsächlich haben wir in großen Teilen verlernt, das Unbekannte zu erfahren.

---

[1] Trojanow, Ilija: „Setzt euch der Fremde aus!", in: Spiegel Online (12.01.2009) https://www.spiegel.de/reise/aktuell/essay-ueber-das-reisen-setzt-euch-der-fremde-aus-a-597060.html [abger. 22.07.2021]

Das klassische Reisen und Wandern, dazu zähle ich das Pilgern in allen Religionen, hatte das Erkennen als Ziel: der Fremde, wie auch seiner selbst.

Die Erkenntnis bildet sich im eigenen Kopf ab, sie kann nur *alleine* erlebbar und bewertbar werden. Und zwar dort, wo nicht jeder hingeht, weil es eben mal in einem farbigen Prospekt steht (sorry, heute steht es wohl eher auf bunten Webseiten).

Wer zu Fuß geht, reist *langsam*. Spürt seinen Körper, wie er arbeitet, befindet sich im Hier und Jetzt.

Die Langsamkeit des Gehens ermöglicht Dinge zu erkennen, für die wir beim Tanz ums goldene Kalb keinen Blick mehr haben: Der Schmetterling, der davonflattert. Der Kiesel, der unter dem Schuh wegrollt. Die Sonne, die einem die Haut wärmt.

Wer *ohne* - oder mit wenig - *Gepäck* reist, trägt ganz praktisch gesehen leichter und ist am Reiseziel flexibler.

Viele schleppen aber auch Vorurteile und jede Menge Besserwisserei mit sich. Wer sich dieser Last entledigt, kann sich einlassen auf das Unbekannte und Neue.

Wer Respekt den Einheimischen gegenüber zeigt, dem öffnen sich Türen, ist gern gesehen.

Die eigenen Augen werden wacher, die Schönheit der Welt und des Lebens zu sehen. Und nicht zuletzt öffnen sich manchmal Herzen.

Trojanow zitiert weiter das hinduistische Lehrbuch Aitareya-Brahmana: "Es gibt kein Glück für den Menschen, der nicht reist. In Gesellschaft von Menschen wird auch der Beste zum Sünder ... also brich auf. Des Wanderers Füße sind wie eine Blume: seine Seele wächst, erntet Früchte; seine Mühen verbrennen seine Sünden. Also brich auf! Wenn du rastest, rasten auch deine Segnungen; sie stehen auf, wenn du aufstehst, sie schlafen, wenn du schläfst, sie regen sich, wenn du dich regst. Gott ist der Freund der Reisenden. Also brich auf."

Ich bin aufgebrochen.

Auf Nisyros, auf allen griechischen Inseln, habe ich wilde Schönheit erlebt, die Weite des Meeres gespürt, die warmherzige Gastfreundschaft von Menschen erfahren.

In der Gesellschaft von Menschen wird auch der Beste zum Sünder.

Ich bin gereist und gewandert, konnte für einige Momente loslassen.

Die Seele wächst und erntet Früchte.

Bin ich angekommen?

Gott ist der Freund der Reisenden.

Vielleicht ist die Reise das Ziel, und Reisende soll man bekanntlich nicht aufhalten.

Doch ich soll zurück.

Es ist nicht nötig, im Stau zu stehen und bei dem Gedanken an das grenzenlos scheinende, türkisblaue Meer, das unter einem blau-weiß strahlenden Himmel liegt, traurig und enttäuscht zu sein: Nisyros, die griechischen Inseln und ich, wir werden uns wiedersehen.

Wie auch immer. So viel steht fest.

Das Band, das mich in der alten Heimat hält, ist um einen Einschnitt reicher. Die ständigen Überdehnungen haben es spröde werden lassen.

Es wird bald reißen.

Durchtrennt sein.

NACHWORT

„Wo der Himmel aufhört, da fängt die Hölle an."
(Deutsches Sprichwort)

Bei der Arbeit zu diesem Buch, nach ungefähr 26 Seiten im Entwurf, erlitt ich einen Schlaganfall.

Das war's dann wohl mit Langzeitaufenthalt in Griechenland, geschweige denn Auswandern.

Welch ein Glück war es gewesen, gesund zu sein!

Ein Schlaganfall ist eine schwere neurologische Erkrankung, welche die Steuerzentrale des Körpers, das Gehirn, schädigt. Es kommt zu einer Durchblutungsstörung und zur Unterversorgung mit Sauerstoff.

Die Schäden sind unter anderem abhängig vom Gebiet, das betroffen ist, und der Größe des Ausfalls. Vor allem aber spielt die Dauer des Sauerstoffmangels eine entscheidende Rolle.

Rasches Handeln ist erforderlich; der Exitus kann schon nach wenigen Stunden eintreten.

Der Betroffene kann halbseitig gelähmt sein oder die Schäden sind eher kognitiver Natur - manche Personen wirken optisch weitgehend ok, sind aber zum Beispiel in Denken und Handeln auf den Stand eines Sechsjährigen zurückgeworfen.

Die Auswirkungen sind also höchst individuell, aber auch komplex (das Thema füllt ganze Bücher). Die abgestorbenen Nervenzellen jedoch sind unwiederbringlich verloren.

Nicht zu vergessen, dass fast ein Drittel der Betroffenen zeitnah stirbt. Der verbleibende Rest leidet oftmals unter Depressionen, die im Anschluss an die akute Phase früher oder später auftreten.

Wie soll es weitergehen, was kann ich noch tun, welche Belastung stelle ich für mein Umfeld dar?

Typische Fragen, die ein gesamtes Leben auf den Kopf stellen.

Auf alle Fälle sollte man wieder die einfachen, selbstverständlichen Dinge zu schätzen lernen.

Was für ein Glück, sie erleben zu dürfen!

Ich kam noch glimpflich davon, mit Aphasie und Konzentrationsstörungen.

Von der Aphasie habe ich mich weitgehend erholt.

Doch die mangelnde Konzentration und vor allem das Durchhaltevermögen - auch die Angst vor einem weiteren Schlag und Irritationen nach wenigen Minuten geistiger Tätigkeit - haben dazu geführt, dass ich dieses Buch nur in ganz, ganz kleinen Etappen fertig schreiben konnte.

Maximal eine Stunde am Tag, oftmals viel weniger und manchmal mehrere Tage am Stück auch gar nicht.

Es ist ein Kampf zurück ins Leben - nur, dass das Leben, das übrig bleibt, ein völlig anderes ist.

Irgendetwas bleibt immer zurück.

So wurde die Schreiberei ungewollt zur Therapie.

Man möge mir verzeihen, wenn das Ergebnis an der einen oder anderen Stelle dementsprechend klingen mag.

Man lernt bei dieser Gelegenheit auch die Empathie einer Vielzahl von Zeitgenossen kennen - sie platzen mehr oder weniger offen vor Neid und Missgunst darüber, dass man sehr lange krank ist und nicht arbeiten kann (und oftmals nie mehr).

Warum eigentlich?

Keiner würde mir (und anderen Betroffenen von Krankheit oder Diskriminierung) das Leiden freiwillig abnehmen.

Leider hat die Gesellschaft wenig - vielleicht auch gar nichts - dazu gelernt.

Ganz im Gegenteil - ich glaube, es wird schlimmer. Für mich ist dieser Neid ein Zeichen dafür, dass die Arbeitswelt, ja, vieles um uns herum nicht mehr erträglich ist.

Wenigstens funktioniert unser Gesundheits- und Sozialwesen *noch* einigermaßen.

Ich danke der Besatzung des Rettungswagens, den Notaufnahmen in Überlingen und Friedrichshafen, der „Stroke-Unit" Friedrichshafen, allen Ärzten, Therapeuten und Pflegekräften der Schmieder-Kliniken Gailingen sowie allen ambulanten Ärzten, Therapeuten und Spezialisten.

Und natürlich all jenen, die auf meiner Seite standen.

Ich weiß unterm Strich nun nicht wohin die Reise geht, oder ob es sie jemals wieder eine geben wird.

Es bleiben die Hoffnung und das Motto meiner Reha-Klinik:

Niemals aufgeben!

GRIECHISCH LERNEN

In Griechenland ist Neugriechisch Amtssprache. Das Altgriechische hatte früher eine große Bedeutung in der Wissenschaft und spielt heute noch unter Theologen für die Bibelexegese noch eine Rolle.

Das Neugriechische hat sein eigenes Alphabet und eine eigene Schrift, die auf der Phonetik basiert. Deswegen lässt sich die griechische Schrift auch nur schwer in die lateinisch geschriebene Schrift übertragen.

Darüber hinaus sind Aussprache und vor allem auch die Betonung einzelner Silben extrem wichtig für das Verstehen durch einen Muttersprachler.

Ein weiteres Problem: Für viele Dinge gibt es mehrere Worte, vieles wird blumig umschrieben, man kommt nicht auf den Punkt.

Griechisch lernen aus diesen Gründen nicht sehr viele Menschen außerhalb Griechenlands, falls sie nicht dazu gezwungen sind.

Da es sich bei Griechisch um eine indogermanische Sprache handelt, Griechisch also denselben Ursprung hat wie zum Beispiel das Deutsche, ist die griechische Sprache vielleicht weniger schwer zu lernen als man gemeinhin annimmt.

Lassen Sie sich durch das auf den ersten Blick komplizierte Alphabet nicht abschrecken ... wenn Sie in Mathematik aufgepasst haben, sind Ihnen einige griechische Buchstaben bereits bekannt.

Es lohnt sich auf jeden Fall, etwas Griechisch zu lernen - denn wer ein paar Brocken der Sprache kann wird oft noch herzlicher aufgenommen, als dies ohnehin schon der Fall ist.

Es weckt bei den meisten Griechen näheres Interesse an der Person - man ist es nicht gewohnt, dass ein Tourist Griechisch kann, zumindest nicht mehr als „Kalimera" (was guten Tag oder guten Morgen heißt).

Es zeugt von Respekt und wird Ihnen sehr hoch angerechnet.

In Deutschland sind Kurse allerdings kaum zu finden, erst recht nicht aufeinander aufbauende.

Ich kann für onlinebasierte Sprachkurse folgenden Anbieter empfehlen - man erwirbt einen lebenslangen Zugang mit vielen Features.

Sie finden hier neben vielen anderen Sprachen auch Griechisch:

https://www.weltsprachen-lernen.de